Francine Rivers · Eine Frau der Liebe

Francine Rivers

Eine Frau der Liebe – Ruth

Aus dem amerikanischen Englisch übersetzt
von Friedemann Lux

johannis

Bibliografische Information Der Deutschen Bibliothek
Die Deutsche Bibliothek verzeichnet diese Publikation in der Deutschen Nationalbibliografie; detaillierte bibliografische Daten sind im Internet über http://dnb.ddb.de abrufbar.

Bestell-Nr. 05 456 · ISBN 978-3-501-01450-9
4. Auflage 2006

Titel der amerikanischen Originalausgabe: UNSHAKEN

Umschlaggestaltung: Friedbert Baumann
Lektorat: Dr. Thomas Baumann
Gesamtherstellung:
St.-Johannis-Druckerei, Lahr/Schwarzwald
Printed in Germany 16420/2006

Meiner geliebten und bewunderten
Schwiegermutter
Edith Rivers

Danke, Ron Beers, dass du deine Vision mit mir geteilt hast.

Kathy Olson, danke für dein Polieren meiner Manuskripte und für deine gründlichen Bibelkenntnisse.

Und euch allen vom Tyndale-Team: Danke für eure so stetige und fleißige Unterstützung.

Ein besonderes Dankeschön an dich, Scott Mendel, für die historischen Informationen, Quellen und Erkenntnisse, die du mir zugänglich gemacht hast.

Danke, Peggy Lynch, für all die fruchtbaren Diskussionen, in denen du mir auf meine grauen Zellen klopfst. Deine Liebe zu Gott und seinem Wort ist jedem, der dich kennt, ein Segen.

Und wie immer: Danke, Jane Jordan Browne. Deine Freundschaft und Ermutigung hat mich vom ersten Tag an beflügelt.

Möge der Herr euch alle segnen!

Zur Einleitung

Liebe Leser,

dies ist der dritte einer Serie von fünf kurzen Romanen über die Frauen im Stammbaum Jesu. Es waren Frauen des alten Orients, aber was sie erlebten, ist durchaus auch auf unser Leben heute und die Probleme, die es uns stellt, anwendbar. Sie mussten sich entscheiden. Sie hatten Mut. Sie gingen Risiken ein. Sie taten das Unerwartete. Sie wagten etwas in ihrem Leben, und manchmal begingen sie Fehler – große Fehler. Diese Frauen waren nicht vollkommen, aber Gott benutzte sie in seiner unfassbaren Gnade für seinen perfekten Plan, den Heiland und Erlöser Jesus Christus in die Welt zu bringen.

Wir leben in einer schwierigen, aufgewühlten Zeit, wo Millionen nach Antworten suchen. Diese fünf Frauen weisen uns den Weg. Die Lektionen, die wir von ihnen lernen können, sind heute noch so gültig wie damals, vor Tausenden von Jahren.

Tamar ist eine Frau der **Hoffnung.**
Rahab ist eine Frau des **Glaubens.**
Ruth ist eine Frau der **Liebe.**
Batseba ist eine Frau, die **grenzenlose Gnade** empfing.
Maria ist eine Frau des **Gehorsams.**

Sie alle sind historische Frauen, die tatsächlich auf dieser Erde lebten. Ihre Geschichten, wie ich sie erzähle, basieren auf den biblischen Berichten. Manches von dem, was sie taten, mag uns mit unseren heutigen Augen nicht akzeptabel erscheinen; aber wir müssen sie im Kontext ihrer Zeit und Kultur sehen.

Dieses Buch ist ein historischer Roman. Das Handlungsskelett stammt aus der Bibel, und auf diesem Fundament aufbauend, habe ich Szenen, Dialoge, innere Motive und in einigen Fällen auch zusätzliche Personen geschaffen, die meines Erachtens mit dem biblischen Bericht harmonieren. Ich habe mich dabei stets darum bemüht, der Botschaft, die die Bibel gibt, treu zu bleiben und nur das hinzuzufügen, was nötig ist, damit wir diese Botschaft verstehen können.

Möge dieses Buch Ihnen Appetit machen, die Bibel selber zu lesen und in ihr dem großen Plan Gottes zu begegnen – einem Plan, der auch Sie einschließt.

Francine Rivers

Vorgeschichte: Ruth 1, 1–4

Zu der Zeit, als die Richter regierten, kam eine Hungersnot über das Land. Da zog ein Mann mit seiner Frau und seinen beiden Söhnen aus Bethlehem in Juda fort, um sich als Fremder im Grünland Moabs niederzulassen. Der Mann hieß Elimelech, seine Frau Noomi, und seine Söhne hießen Machlon und Kiljon; sie waren Efratiter aus Bethlehem in Juda. Als sie im Grünland Moabs ankamen, blieben sie dort. Elimelech, der Mann Noomis, starb, und sie blieb mit ihren beiden Söhnen zurück. Diese nahmen sich moabitische Frauen, Orpa und Ruth ...

Kapitel 1

Ruth ging durch die engen, belebten Gassen von Kir-Hareset. Ihr Herz war schwer. Ihr geliebter Mann, Machlon, war dabei, den Kampf gegen die Krankheit, die seit Monaten in ihm riss, zu verlieren. Sie kämpfte gegen die Tränen und die Angst an. Wie sollte sie ohne Machlon leben? Was hatte sie davon geträumt, ein ganzes Leben an seiner Seite zu verbringen, seine Kinder zu gebären, zusammen mit ihm alt zu werden. Und jetzt ... dieses Leiden. Und nie würde es Kinder geben, die seinen Namen weitertrugen.

Aber jetzt war Neumond, und ihre Mutter erwartete ihren monatlichen Besuch. Sie würden Tee trinken, die Köstlichkeiten vom Tisch ihres Vaters essen und die Familienneuigkeiten austauschen. Ruth graute es vor diesem Besuch. Sie hatte keine Lust, zu hören, was ihre Mutter über ihr Elend und über seine Ursachen dachte.

Die arme Noomi! Wie sollte ihre Schwiegermutter mit diesem neuen Schlag fertig werden? Vor fünfzehn Jahren hatte sie selber ihren Mann, Elimelech, verloren, und im letzten Frühjahr war ihr jüngerer Sohn, Kiljon, gestorben. Würde sie immer noch Trost und Frieden finden in ihrem Glauben an den Gott Israels, oder würde sie zusammenbrechen unter diesem Schmerz, ihren letzten Sohn zu verlieren?

O Herr, Gott Israels, höre unser Flehen!

Von dem Tag an, wo Noomi ihr zum ersten Mal von dem einen wahren Gott erzählt hatte, hatte sie an ihn geglaubt. Weil sie den Frieden gesehen hatte, den ihre Schwiegermutter ausstrahlte. Einen unerschütterlichen inneren Frieden, wie sie ihn noch nirgends gesehen hatte, schon gar nicht im Haus ihrer Eltern. Sie hatten oft über Gott gesprochen, Noomi und sie, vor allem, wenn sie Fragen gehabt hatte. Und die Antwort war immer gewesen: Vertraue Gott, gehorche ihm, akzeptiere seinen Willen, sei gewiss, dass alles einen Sinn hat, auch wenn du ihn jetzt nicht sehen kannst.

Aber manchmal wollte der Schmerz in Ruths Herz unerträglich werden. Und die Angst. Würde es ihr genauso gehen wie ihrer Schwägerin Orpa, die von Trauer fast verzehrt wurde, als Kiljon starb, die geweint und geschrien und nichts mehr gegessen hatte, dass Ruth und Noomi Angst um sie bekamen?

O Herr, lass mich keine Last für Noomi werden! Gib mir die Kraft, ihr zu helfen!

Da war das Haus ihres Vaters. Sie holte tief Luft und klopfte an. Eine Dienerin öffnete, breit lächelnd. »Ruth! Komm herein!«

Es fiel Ruth schwer, das gediegene Haus ihres Vaters zu betreten, ohne es innerlich mit dem schlichten Heim ihres Mannes zu vergleichen. Wohin das Auge blickte, sah es Reichtum: kostbare Vasen, Teppiche, schön gemusterte Leinenvorhänge, niedrige Tische mit Elfenbeineinlegearbeiten. In diesem Haus war sie groß geworden, all der Luxus war ihr selbstverständlich gewesen. Und dann hatte sie ihr Herz einem jungen hebräischen Kaufmann gegeben, der Mühe hatte, sein Geschäft und manchmal auch seine Familie über die Runden zu bringen.

Ruths Eltern waren stolz auf ihren Besitz, aber in den Jahren, die sie mit Noomi gelebt hatte, hatte Ruth erkannt, wie arm sie innerlich waren. In Noomis Leben war ein Reichtum, der völlig unabhängig davon war, in was für einem Haus sie wohnte und wie viel sie besaß.

»Ah, meine schöne Tochter.« Ruths Mutter trat herein und umarmte sie. Sie tauschten den Begrüßungskuss aus. »Setz dich, meine Liebe.« Sie klatschte in ihre Hände, gab einer anderen Dienerin rasch eine Anweisung und ließ sich auf einem der dunkelrot-blauen Sitzkissen nieder. »Na, fällt dir nichts auf?«

Ruth schaute sich um. Hatten ihre Eltern sich vielleicht einen neuen Tisch oder Wandbehang oder Teppich angeschafft? Sie sah wieder ihre Mutter an, die andächtig eine goldene Halskette betastete.

»Was meinst du? Die ist schön, nicht wahr? Dein Vater hat sie mir geschenkt. Eine echt ägyptische Kette.«

»Ja, Vater war immer schon großzügig«, murmelte Ruth. Ihre Gedanken gingen zu Machlon zurück. Er hatte darauf bestanden, dass sie heute ihre Mutter besuchte. Seine eigene Mutter war bei ihm. *»Geh und mach dir einen schönen Tag«*, hatte er gesagt. Aber wie sollte das zugehen? Alles, woran sie denken konnte, war Machlon und wie bald sie wieder zu ihm gehen könnte – dorthin, wo sie hingehörte.

Eine Dienerin trat ein mit einem mit Obst, Brot, zwei Bechern und einem Weinkrug beladenen Tablett. Eine zweite Dienerin setzte einen großen Teller mit gekochtem Korn und Lammfleischstücken ab. Der Duft all der Köstlichkeiten ließ Ruths Magen knurren, aber sie streckte nicht ihre Hand nach dem Essen aus, auch nicht, als ihre Mutter sie drängte. Wie konnte sie sich den Bauch vollschlagen, wenn Machlon zu krank war, um auch nur einen Bissen zu essen? Wie konnte sie die Leckereien, die ihre Mutter ihr da auftragen ließ, genießen, wenn ihre Schwiegermutter nur Brot, Olivenöl und sauren Wein im Haus hatte?

»Du musst zu Kräften kommen, Ruth«, sagte ihre Mutter leise. »Kind, was bist du dünn!«

»Das wird schon noch, Mutter.«

»Gestern habe ich auf dem Markt Orpas Mutter getroffen. Habt ihr wirklich ... alles getan, was möglich ist?«

Ruth nickte stumm. Noomi, die die Hoffnung nicht aufgeben wollte, hörte nicht auf, zu Gott zu beten. Auch Ruth betete. Das Beten war ihr zur zweiten Haut geworden.

»O Schatz, das tut mir ja so Leid, was du da durchmachen musst.« Ihre Mutter nahm ihre Hand. Einen Augenblick war sie still, dann fuhr sie fort: »Was wirst du tun, wenn er stirbt?«

Die unverblümte Frage trieb Ruth die Tränen in

die Augen. »Trauern. Und Noomi trösten. Mehr weiß ich noch nicht, und ich mag auch nicht darüber nachdenken.«

»Aber du musst darüber nachdenken.«

»Mutter ...!« Ruth schlug, ein Schluchzen unterdrückend, die Hände vor das Gesicht.

Ihre Mutter sprach rasch weiter. »Ich habe dich nicht eingeladen, um dir noch mehr wehzutun. Ich weiß doch, wie sehr du Machlon liebst. Wenn dein Vater dich nicht so liebte, hätte er darauf bestanden, dass du Kasim nahmst; dann hättest du jetzt nicht diese Not. Dein Vater will, dass du weißt, dass sein Haus dir offen steht. Und du weißt ja, wie gerne ich dich wieder bei mir hätte, und wenn es nur für eine Weile ist. Du brauchst nicht bei Noomi zu bleiben, wenn Machlon stirbt. Komm zurück zu uns.«

Ruth ließ ihre Hände auf den Schoß fallen und sah ihre Mutter durch ihre Tränen an. »Kann ich Noomi verlassen nach all dem, was sie durchgemacht hat? Ich bin dem Haus meines Mannes verpflichtet, Mutter, das weißt du doch.«

»Noomi wird die Erste sein, die dir sagt, dass du zu uns zurückgehen sollst. Du glaubst doch wohl nicht, dass sie hier wohnen bleibt, wenn ihr letzter Sohn gestorben ist. Sie wird zurück in ihre Heimat gehen, zu ihrem eigenen Volk.«

Die Worte schnitten in Ruths Herz. Ihre Mutter sprach gerade so, als ob Machlon schon tot war und als ob man Noomi am besten vergaß. »Ich muss gehen, Mutter.« Sie wollte aufstehen.

Ihre Mutter packte ihre Hand. »Nein, Kind, hör mir zu, bitte! Noomis Mann hat sich ehrlich bemüht, einer von uns zu werden, aber deine Schwiegermutter hat sich immer für sich gehalten. Sie kleidet sich immer noch wie eine Hebräerin. Sie hat nie einen unserer Tempel betreten oder einem unserer Götter geopfert. Vielleicht muss sie deshalb so sehr leiden. Unsere Götter sind zornig auf sie.«

»Sie hat ihren eigenen Gott.«

»Ja, sicher, und was hat sie davon? Was hat er ihr denn gegeben? Lauter Armut und Not!« Ruths Mutter machte eine ausholende Geste. »Schau dich doch um, Mädchen, sieh, wie die Götter Moabs uns segnen. Schau, was wir von *unserem* Glauben haben!«

»Aber du bist nie zufrieden, Mutter.«

Der Blick ihrer Mutter verdunkelte sich. »Ich *bin* zufrieden.«

»Warum willst du dann immer noch mehr? Noomi sind Besitztümer egal.«

Ihre Mutter ließ ihre Hand wieder los. »Natürlich sind sie ihr egal! Weil sie nie welche haben wird.«

»Du verstehst nicht, Mutter.«

»Ich verstehe sehr wohl! Du hast dich von den Göttern deines eigenen Volkes abgewandt, um Noomis Gott anzubeten, und was hast du davon? Du wirst dafür bestraft. Komm zurück zu den Göttern unseres Volkes, Ruth. Verlasse dieses Haus des Elends und komm heim!«

Heim? Was für ein Heim? Wann hatte sie ihre Eltern je zufrieden erlebt? Je mehr ihr Vater hatte, umso mehr wollte er. Nur ein paar Tage, und ihre Mutter hätte ihre goldene Kette schon wieder vergessen und würde nach dem nächsten Geschenk hungern, das sie allen stolz zeigen konnte.

Noomis ganzer Stolz war der Gott Israels. Im größten Chaos fand sie Frieden, wenn sie im Gebet zu ihm ging.

O Gott, hilf mir! Es gibt so vieles, das ich nicht verstehe. Ich weiß nicht, was ich meiner Mutter antworten soll. Erhörst du die Stimme einer verängstigten Moabiterin? Ich will nicht, dass mein Glaube stirbt, wenn du mir Machlon nimmst. Die Worte meiner Mutter sind wie Speere in mein Herz. Schütze mich.

Sie fing an zu weinen.

»Wir wissen, dass du bis zum Ende bei Machlon bleiben musst, Ruth. Wir verstehen es auch, wenn du anschließend noch ein paar Wochen bei Noomi bleibst, um sie zu trösten. Erfülle die Pflicht, die du ihr gegenüber hast. Aber dann komm zu uns nach Hause, meine Liebe. Komm nach Hause, wo du hingehörst und wo dein Leben so viel leichter sein wird. Jeder wird das verstehen. Noomi liebt dich, sie wird dein Bestes wollen, gerade so wie wir. Es muss nicht sein, dass du in Armut lebst. Du bist jung und schön, du hast noch dein ganzes Leben vor dir.«

Aber Ruth konnte sich kein Leben vorstellen ohne den Mann, den sie liebte, oder die Schwiegermutter, die ihr ihr Herz geöffnet hatte. Wie sollte sie die Pflicht, in der sie gegenüber Noomi stand, in ein paar Wochen erfüllen? Und Pflicht – das war doch nicht das einzige Band zwischen ihnen; da war auch Liebe. Nicht nur die Liebe zueinander, sondern auch Liebe zu dem Gott, an den sie beide glaubten.

»Ich kann sie nicht verlassen, Mutter.«

»Aber denk doch mal an deine eigene Familie! An deinen Vater! An *mich*! Komm nach Hause, Ruth, bitte, komm nach Hause zu uns. Wie kann ich mit ansehen, in was für einer Armut du lebst, wenn ...«

Ruth fühlte sich hin- und hergerissen zwischen ihrer Liebe zu ihren Eltern und ihrer Liebe zu Noomi und Orpa. Konnte sie Noomi und Orpa wirklich einfach so verlassen, wenn Machlon tot war? Konnte sie zurück in ihr altes Leben gehen und vor den Figuren im Haus ihrer Eltern niederfallen, die für Götter standen, an die sie nicht mehr glaubte? Das Band, das sie mit Noomi verband, war tiefer als das übliche Verhältnis zwischen Schwiegermutter und Schwiegertochter. Ruth hatte den Glauben ihrer Schwiegermutter an den unsichtbaren Gott Israels angenommen. Sie erinnerte sich gut, wie ihre Eltern sie ausgelacht hatten, als sie ihnen ihren neuen Glauben erklärte. *»Wie kannst du so einen Unsinn glauben? Ein Gott, den man nicht sehen kann?«* Sie liebte ihre Eltern sehr, aber sie war nicht bereit, Noomi und die Wahrheit, die sie ihr gebracht hatte, aufzugeben.

»Meine Familie sind Machlon, Noomi und Orpa, Mutter. Gerade so, wie du in Vaters Familie hineinkamst, als du ihn geheiratet hast.«

Jetzt fing auch ihre Mutter an zu weinen. Ruth

umarmte sie. »Du weißt, dass ich dich liebe, Mutter. Ich werde dich immer lieben. Aber ich muss das tun, was recht ist.«

»Was du vorhast, ist nicht recht! Du wirfst dein Leben weg!«

Ruth sah, dass ihre Mutter nicht begreifen wollte. Dass sie nicht sehen wollte, dass ihre Tochter kein Kind mehr war. Sie war doch jetzt eine Frau, mit einem Mann und einer Schwiegermutter und Pflichten gegenüber beiden. Ihr Leben gehörte nicht mehr ihr selber – und selbst wenn, hätte sie sich dann anders entschieden?

O Herr, gib mir Kraft! Ich fühle mich wie ein zerbrochener Krug, aus dem das Öl herausläuft.

Sie musste ihrer Mutter die Wahrheit sagen. Sie durfte ihr keine falschen Hoffnungen machen.

»Ich werde Noomi nicht verlassen, Mutter. Du hast Vater. Und meine Brüder und ihre Frauen und Kinder und meine Schwestern und ihre Familien. Aber wen hat Noomi noch, wenn Machlon stirbt?«

»Sie hat Orpa«, sagte ihre Mutter trotzig. »Die soll bei ihr bleiben.«

Orpa glaubte nicht an den Gott Israels. Sie betete Götzen an und verbrannte Weihrauch vor der Aschtarte. »Orpa ist eine liebevolle Schwiegertochter, aber sie hat nicht Noomis Glauben.«

Die Augen ihrer Mutter funkelten zornig. »Wie kannst du immer noch an diesen unsichtbaren Gott glauben, nach all dem, was geschehen ist? Es ist nicht recht, dass du dein Leben an diese unglückselige Familie verschleuderst! Wenn Noomi gehen will, dann *lass sie gehen!«*

Ruth hatte keine Lust, sich in die nächste Diskussion hineinziehen zu lassen, welcher Gott die größeren Tempel und besseren Gottesdienste hatte. Sie stand auf. »Machlon braucht mich. Ich muss gehen.«

Ihre Mutter erhob sich ebenfalls und begleitete sie unter Tränen zur Tür. »Überlege dir genau, was du machst, Ruth, bitte! Wirf dein Leben nicht weg!«

Ruth spürte, wie die Gefühle in ihr sich stritten. Liebe ... Traurigkeit ... Ungeduld ... Verwirrung. Sie drehte sich zu ihrer Mutter um und umarmte sie rasch. »Ich liebe dich«, sagte sie mit erstickter Stimme. »Sag Vater, dass ich ihn auch liebe.« Sie machte sich los, drehte sich um und rannte zur Tür.

Als sie durch die schmalen Straßen lief, hielt sie ihr Kopftuch vor ihr Gesicht, damit die Menschen nicht den Schmerz auf ihm sahen.

***

Der Schmerz wird tiefer, wenn die Sonne untergeht und mit dem Mond und den Sternen die Erinnerungen kommen. Die Straßen von Kir-Hareset lagen verlassen da, alles schlief. Aber Noomis Kopf schwirrte, als sie auf ihrem Lager saß, mit dem Rücken gegen die kalte Steinwand ihres Häuschens. Sie fühlte sich einsam, obwohl ihre beiden lieben Schwiegertöchter nur ein.paar Schritte von ihr lagen und schliefen, erschöpft vom Trauern. Beide hatten sie einen Mann verloren, erst Orpa und jetzt Ruth. Aber nie würden sie den noch tieferen Schmerz erfahren, durch den die Frau geht, die ihre Kinder verloren hat, denn sie hatten keine.

Meine Söhne sind tot! Meine Söhne, oh, meine Söhne ... Noomi wollte laut schreien in ihrem Elend, aber sie beherrschte sich, um ihre Schwiegertöchter nicht zu stören.

Die Schwärze der Nacht trug Angst und Zweifel ins Haus. Noomi versuchte zu beten, aber ihre geflüsterten Worte schienen von der Decke zurückzuprallen und unerhört in ihrem Schoß zu landen. Bohrende Fragen. Hatte Gott ihre Gebete überhaupt jemals erhört?

Die Stille summte wie ein Heuschreckenschwarm in ihrem Kopf, bereit, ihren Glauben kahl zu fressen. Sie presste die Hände auf ihre Ohren und biss die Zähne zusammen. Warum war die Nacht so? Manchmal war die Dunkelheit so still, dass sie ihr eigenes Blut durch die Adern rauschen hörte, wie ein heftiger Regen, der die Türen ihres Gedächtnisses aufriss, dass die Erinnerungen kamen, grausam und ungewollt.

Die Stimme ihres verstorbenen Mannes schien durch den Raum zu hallen. »Wir gehen nach Moab, ob du willst oder nicht, Noomi! Dort haben wir wenigstens zu essen.«

»Wie kannst du aus Bethlehem fort wollen, Elimelech? Hier ist unsere Heimat!«

»Unsere Heimat wird zur Sandwüste!«

»Wenn wir Gott vertrauen und gehorchen, wird er für uns sorgen.«

»Bist du blind? Sieh dich doch um, Frau. Gott hat uns verlassen!«

»Ja, weil du und die anderen vor den Baalim niederfallen!«

»Ich falle vor Baal nieder, weil er der Herr dieses Landes ist!«

»Mose sagte unseren Vätern, dass der Herr Gott ist, der Herr allein!«

»Und was hat dieser Gott für uns getan? Wie lange ist es her, dass es das letzte Mal geregnet hat? Wann haben unsere Felder auch nur ein bisschen mehr erbracht, als wir brauchen, um satt zu werden?«

»Aber jetzt sagst du es doch selber, Elimelech! Der Herr hat uns immer gegeben, was wir zum Leben brauchen.«

»Ich kann das nicht mehr hören, Noomi! *Ich* bin derjenige, der für uns sorgt. *Ich* arbeite mich halb kaputt auf diesen steinigen Feldern und muss mit ansehen, wie mein Korn vor die Hunde geht. Schau dir meine Hände an! Schau dir meine Schwielen an, und dann sag mir, ob es Gott ist, der für dich und unsere Söhne sorgt! Gott steht irgendwo herum und schaut zu, wie alles, was ich unternehme, zu Staub wird. Er hat uns verlassen! Aber du bist halt eine Frau, was verstehst du schon von diesen Dingen? Ich werde das tun, was ich als das Richtige erkannt habe.«

Und noch am gleichen Tag hatte Elimelech das

Land, das er von seinem Vater ererbt hatte, verpfändet, die Siebensachen der Familie auf zwei Esel gepackt und war mit Noomi und ihren beiden Söhnen, Machlon und Kiljon, von Bethlehem fortgezogen. Noomi hatte kaum Zeit gehabt, sich von ihren Freundinnen und den paar anderen Verwandten zu verabschieden. Elimelech war so sicher gewesen, dass seine Entscheidung die richtige war! Und welcher Mann wollte sich schon das Nörgeln seiner Frau anhören? Und so hatte sie ihre Zweifel für sich behalten. Und still gebetet.

Sie hatte am Morgen nach dem Aufwachen gebetet. Dann den ganzen Tag lang bei der Arbeit. Und abends, wenn sie sich auf ihr Bett legte. Sie betete und betete und betete – und ihr Leben verwandelte sich in Staub und Asche.

Elimelech hatte in Kir-Hareset Arbeit gefunden. Er schnitt sich das Haar, rasierte sich seinen Bart und zog moabitische Kleider an, denn er hatte keine Lust, dauernd der Fremde zu sein. Es gab noch andere Israeliten in Kir-Hareset, die ebenfalls vor der Hungersnot im Gelobten Land geflohen waren. Auch sie passten sich rasch den Gebräuchen der Menschen in Moab an und vergaßen das Gesetz des Mose und die Verheißungen ihres Gottes.

Es war Sommer, als Elimelech starb.

»Ich muss mich etwas ausruhen, morgen geht es mir bestimmt besser.« Er war mit Schmerzen in der Brust nach Hause gekommen, hatte sich dorthin gesetzt, wo sie jetzt saß, und mit schmerzlicher Miene seinen Arm massiert.

»Noomi?« Seine Stimme hatte merkwürdig geklungen. Sie hatte sich vor ihn hingekniet, plötzlich besorgt, hatte seine Hand genommen und tröstend gestreichelt.

»Noomi«, hatte er wiederholt. Auf seiner Stirn hatte plötzlich der kalte Schweiß gestanden, in seiner Stimme war Angst. »Ich habe nur das gemacht, was ich für das Richtige hielt.« Seine Lippen waren blau geworden. Sie hatte ihn in den Armen gehalten, zu trösten versucht. Umsonst.

Jetzt, fünfzehn Jahre später, kam er wieder in ihr hoch, der Schmerz von damals, aufgeweckt durch Machlons Tod, so wie vor einem Jahr, als Kiljon starb. Es gab kein Entrinnen von ihm, er ließ sich nicht verdrängen, nicht irgendwo im Keller ihrer Seele begraben. Es stand alles wieder vor ihr, grell und scharf. Vor allem die unerhörten Gebete. Wie hatte sie gebetet, dass Gott ihr nicht ihren Mann nehmen würde, ihn angefleht, doch Erbarmen zu haben – und noch während sie betete, war das Lebenslicht in Elimelechs Augen erloschen.

Ihre Söhne hatten den Vater unter den Moabitern begraben. Erst hatte sie nicht glauben können, dass Elimelech nicht mehr war. Sicher würde sie bald aus diesem Albtraum erwachen und er würde wieder da sein und sich über irgendetwas beklagen, wie immer? Als sie dann begriff, dass sie ihn nie mehr sehen würde, war sie wütend auf ihn geworden. Aber auch das war vorübergegangen; sie war zu sehr damit beschäftigt gewesen, ihren Söhnen zu helfen, Essen auf den Tisch zu bringen.

Fünfzehn Jahre war es her, dass Elimelech gestorben war, und immer noch kam der Schmerz hoch, unerwartet wie ein wildes Tier. Nicht mehr so heftig wie in jenen ersten Wochen, aber auch nicht wirklich abgestumpft. Sie hatte gedacht, dass das das Schlimmste war – seinen Mann verlieren. Das war vor dem Tod ihrer Söhne gewesen, und jetzt ertrank sie schier in dem Meer der Trauer.

Sie konnte noch nicht einmal mehr beten. Sie hatte immer einen Hoffnungsschimmer gehabt, etwas von Gottes Gegenwart gespürt. Jetzt schien Gott weit weg zu sein, und seine Gnade schien nicht für sie da zu sein. Ihre Gebete waren wie Rauch, den ein zorniger Wind fortblies. Vielleicht hatte Elimelech doch Recht gehabt: Gott stand irgendwo herum und sah zu, wie sie litt.

Gott, wo bist du? Wo kann ich dich finden?

Gott. Sie versuchte, sich zu verteidigen. Hatte sie ihren Mann nicht gebeten, in Bethlehem zu bleiben? Hatte sie ihn nicht angefleht, doch auf Gott zu trauen? Hatte sie nicht darum gebetet, dass Gott Elimelechs Herz ändern möge, damit sie zurück nach Hause konnten? Hatte sie nicht nach Bethlehem zurückkehren wollen, als Elimelech starb? Hatte sie nicht verzweifelt versucht, ihre Söhne dazu zu bringen, zurück in das Land zu gehen, das Gott ihnen verheißen hatte? Aber Machlon und

Kiljon waren bereits alt genug gewesen, um selber zu entscheiden.

»Was haben wir in Israel, Mutter? *Hier* ist unser Zuhause.«

Ihr Herz war schon seit Jahren dem Gott und dem Land ihrer Jugend entfremdet. Bethlehem – das war ein böser Erinnerungstraum für sie, ein Ort der Mühe und Last. Ihr Vater hatte nie ein gutes Wort über Bethlehem gesagt. Was für einen Grund hatten seine Söhne, dorthin zurückzukehren? Die hebräischen Gebräuche und Gesetze waren ihnen fast fremd, denn Elimelech hatte seine Pflicht versäumt und seine Söhne nie die Geschichte Israels, das Gesetz des Mose und den Weg des Gerechten gelehrt. Er hatte so gelebt wie die anderen Moabiter auch, und als er tot war, hörten seine Söhne auf die Ältesten von Kir-Hareset. Und auf die Priester des Kemosch. Und auf ihre eigenen Wünsche und Gedanken. Sie taten, was ihnen recht dünkte; sogar moabitische Frauen hatten sie sich genommen. Oh, was hatten sie ihr wehgetan, ihre Söhne!

Was sie ihnen auch sagte, sie hatten nicht auf sie gehört. Sie liebten sie, aber sie war halt nur eine Frau, was wusste sie schon? Sagten sie – so wie ihr Vater es sie gelehrt hatte.

Noomi betrachtete ihre schlafenden Schwiegertöchter. Wie merkwürdig, dass sie jetzt ihr einziger Trost waren, diese jungen Frauen, über die sie erst so entsetzt gewesen war. Fremde Frauen – welch eine Schande über Israel! Aber sie hatte sich zu einem

Lächeln gezwungen, als Machlon Ruth und Kiljon Orpa ins Haus gebracht hatte. Was hätte sie auch sonst machen sollen? Die Liebe ihrer Söhne verlieren – sie durfte es nicht riskieren. Und vielleicht, wer wusste es, hätte sie den einen oder anderen Einfluss auf ihre jungen Ehefrauen.

Jetzt waren sie Witwen wie sie, und sie liebte sie, als wären sie aus ihrem eigenen Schoß gekommen. *Nichts bringt die Menschen so zusammen wie geteiltes Leid.* Sie erinnerte sich, wie sie ihre Schwiegertöchter angenommen und versucht hatte, eine Beziehung zu ihnen aufzubauen, um den Frieden im Haus zu bewahren. Und wie sie heimlich darum gebetet hatte, dass Ruths und Orpas Herz offen würden für den Gott Israels. Wenn sie ihnen etwas über den Herrn beibringen konnte, wäre vielleicht Hoffnung für die nächste Generation. Aber jetzt war ihre letzte Zukunftshoffnung zerstört.

Erst hatte im vergangenen Frühling ein plötzliches Fieber Kiljon dahingerafft. Dann kam Machlons langes Leiden. Kiljon war innerhalb von ein paar Tagen gestorben, ohne viel leiden zu müssen, aber mit Machlon meinte die Krankheit es nicht so gnädig. Hilflos hatte sie mit ansehen müssen, wie ihr Ältester, der Erstling Elimelechs, lebend zerfressen wurde. Unzählige Male hatte sie zu Gott gebetet, sein Leiden doch zu lindern, die Sünden ihres Mannes und ihrer Söhne auf sie zu legen, aber die Tage hatten sich endlos dahingezogen. Die arme, treue, liebevolle Ruth. In wie vielen Nächten hatte das

Mädchen versucht, Machlons Qual zu lindern, und vor purer Hilflosigkeit geweint? Manchmal hatte Noomi sich gewünscht, aus der Stadt hinaus in die Felder rennen und schreien und ihr Haar raufen und sich mit Staub bewerfen zu können. Sie hatte geweint, wenn Machlon sie so ansah – wie ein angeschossenes Tier, das nicht mehr ein noch aus weiß.

Ihr eigener Schmerz hatte sie fast verzehrt in diesen langen, schrecklichen Monaten, aber oft hatte sie zu Machlon behutsam über die Güte und Gnade Gottes gesprochen. *Gnade! Herr, Gott, Gnade!* Während Ruth ihn gepflegt hatte, hatte Noomi an seinem Lager gesessen und ihm von den Zeichen und Wundern erzählt, die Gott in Ägypten und in der Wüste und im Lande Kanaan getan hatte. Jetzt musste er sie anhören, aber war er bereit, Buße zu tun und den Herrn zu suchen? Sie erzählte ihm, wie Gott die Israeliten aus Ägypten errettet hatte, nicht weil sie das verdienten, sondern weil er sie sich zu seinem Eigentum erwählt hatte. Sie erzählte ihm von Mose und dem Gesetz und wie das Volk halsstarrig gewesen war wie Elimelech und sich gegen Gott aufgelehnt hatte. Sie erzählte ihm vom Segen und vom Fluch. Und von den Verheißungen. Wenn sie abends schlafen ging, betete sie. *O Gott, Herr ...* Sie fand die richtigen Worte nicht. *O Herr, erforsche mein Herz ...* Sie betete und betete.

Aber Machlon war gestorben.

Ruth war bei ihm gewesen und hatte seine Hand gehalten, als er starb. Als er seinen letzten Atemzug getan hatte, hatte sie einen langen, verzweifelten Schrei ausgestoßen und aufschluchzend ihren Kopf verhüllt.

War das wirklich erst zweiundzwanzig Tage her?

Orpa hatte versucht, sie und Ruth zu trösten: Jetzt hatte Machlon Frieden, seine Schmerzen waren vorbei. Wie gerne wollte Noomi diese Worte glauben, aber sie klangen so hohl. Was wusste Orpa denn von Gott?

Noomis Schmerz war so tief, dass sie sich wie gelähmt fühlte. Was konnte sie noch tun, außer zu warten, bis die Sonne aufging – und dann weiter in dieser staubig-muffigen Ecke zu sitzen und auf die Schritte der Menschen draußen auf der Straße zu horchen? Wie war es möglich, dass das Leben weiterging, wenn ihre beiden Söhne tot waren? Sie hasste das Lachen ihrer Nachbarn. Sie war bitter über den unveränderten Alltag. Waren ihre geliebten Söhne so unwichtig wie Sandkörner, die man ins Tote Meer warf, ohne dass das Wasser sich auch nur bewegte? Nur Orpa und Ruth nahmen teil an ihrer Trauer.

Mit jedem Tag, der verging, hasste Noomi Kir-Hareset und Moab mehr. Sie hasste diese Fremden. Und sie hasste sich selber, weil sie sie hasste; es war ja nicht ihre Schuld, dass Elimelech, Kiljon und Machlon Wege eingeschlagen hatte, die Gott nicht gefielen. *Der Mensch erdenkt sich seinen Weg, aber Gott ist der Richter.*

Die Sonne ging auf. Noomi wünschte sich, einfach

die Augen schließen und auch sterben zu können. Aber nein, sie lebte. Sie hörte, wie Orpa und Ruth miteinander weinten und sich unterhielten – leise, um sie nicht zu stören. Sie aß etwas, wenn sie sie drängten, und legte sich hin, wenn sie fanden, dass sie sich ausruhen musste. Und die ganze Zeit war sie voller Leere und Wut und Hoffnungslosigkeit und Angst.

Sie gab sich den Erinnerungen hin. Die ersten Jahre ihrer Ehe mit Elimelech. Wie hatten sie zusammen gelacht und von der Zukunft geträumt, die sie sich mit harter Arbeit aufbauen würden. »Noomi, meine Fröhliche« hatte er sie genannt. Was hatte sie sich gefreut, als sie schwanger wurde. Und als dann ein Sohn zur Welt kam. Und dann der zweite Sohn. Sie hatte sie gestillt und genährt, hatte über ihren kindlichen Überschwang gelacht, in ihrer Gegenwart gebadet. Das Leben war erfüllt gewesen, in jedem Segen hatte sie Gottes Gegenwart gespürt.

Und was habe ich jetzt? Nichts! Nie mehr werde ich mich freuen können.

Das Leben war nicht einfach gewesen in Bethlehem, aber als sie nach Moab zogen, war es nur noch schlimmer geworden. Vergeblich hatte sie versucht, auf Elimelech einzuwirken. Sie hatte ihre Söhne in den Wegen des Herrn erziehen wollen, aber Elimelech hatte die Gesetze des Mose zu eng und intolerant gefunden. »Unser Weg ist nicht der einzige Weg, Noomi. Schau dich doch um, wie gut es den Moabitern geht, während sie in Bethlehem kaum genug zum Essen aus dem Boden bringen!« In ihrem Herzen hatte sie gewusst, dass Elimelech Gott verwarf, aber sie hatte nie die richtigen Worte gefunden, um ihm zu zeigen, dass er umkehren musste.

Werde ich darum jetzt so bestraft? Hätte ich energischer sein müssen mit Elimelech, als er aus Bethlehem weg wollte? Hätte ich, anstatt vor Hilflosigkeit im Boden zu versinken, zu unseren Ältesten gehen und sie um Hilfe bitten sollen? Hätte ich mich an seine Brüder wenden sollen? Hätte ich nur einen Menschen gesucht, vor dem er Respekt hatte und der es ihm ausgeredet hätte, das Land zu verlassen, das Gott uns gegeben hatte! Wäre vielleicht alles anders geworden, wenn ich mich einfach geweigert hätte, aus Bethlehem wegzuziehen? Wären mein Mann und meine Söhne dann jetzt noch am Leben?

Fragen. Grübeln. Was wäre gewesen, wenn ...

Warum nur habe ich Kiljon und Machlon nicht gezeigt, wie wichtig das Gesetz ist? Ich hätte eine bessere Mutter sein müssen. Ich hätte sie zwingen müssen, mich anzuhören. Ich hätte weniger Angst haben müssen, ihre Liebe zu verlieren, und mehr, ihre Seelen zu verlieren. Und jetzt habe ich sie für immer verloren. Meine Söhne ... oh, meine Söhne ...

Sie sprach die Worte nicht laut aus, aber Tag für Tag und Nacht um Nacht kamen sie, die Selbstanklagen.

Vater, vergib mir. Ich war schwach. Ich war dumm. Ich habe es mir einfach gemacht und bin mit Elimelech gezogen, um des lieben Friedens willen.

Ich wollte keine zänkische Frau sein, ich wollte ihn unterstützen, seine Gehilfin sein. Aber du hast uns vor dem Fluch gewarnt, der kommen wird, wenn wir untreu sind. O Vater, ich wollte doch treu sein. Ich habe es versucht. Jeden Tag war ich hin- und hergerissen zwischen meinem Mann und dir. Ich wusste nicht, was ich machen sollte, ich konnte nur still beten und hoffen und mit Elimelech und dann meinen Söhnen gehen. Jeden Tag habe ich gebetet, dass sie doch zur Einsicht kommen möchten, damit wir zurückkehren konnten in das Land, das du uns gegeben hast. O Gott, was habe ich gebetet die ganzen Jahre, und kein einziges Gebet hast du erhört. Mein Mann ist tot, meine Söhne sind tot! Alles hast du mir genommen! Du hast mich auf die Erde ausgegossen. Was bleibt mir jetzt noch als nur du, Vater? An wen kann ich mich klammern, außer an dich?

Sie schaukelte vor und zurück, leise jammernd.

Ruth trat zu ihr und legte die Arme um sie. »Mutter, ich lasse dich nicht allein.« Die zärtlichen Worte wollten Noomis Herz brechen. Sie weinte in den Armen ihrer Schwiegertochter, ließ sich von ihnen wiegen wie ein kleines Kind. Aber auch jetzt wollte der Trost nicht kommen; dafür andere Gedanken, die in ihr gequältes Herz schossen und ihre Tränen noch bitterer machten.

Es würde keine Kinder geben, die die Namen ihrer Söhne weitertrügen. Es wäre gerade so, als hätten sie selber nie gelebt. *Ihre Namen werden mit ihnen in den Staub fahren. Keine Kinder … keine Kinder …*

***

Siebzig Tage vergingen, bevor Noomi durch die Tür ihres kleinen Hauses nach draußen trat. Das Sonnenlicht tat ihren Augen weh. Sie war geschwächt vom Trauern. Sie hatte genügend Tränen vergossen, um eine Zisterne zu füllen; es war Zeit, aufzuhören. Weinen konnte die Toten nicht zurück ins Leben bringen; sie musste an die Lebenden denken. Ruth und Orpa waren junge Frauen – zu jung, um den Rest ihres Lebens damit zu verbringen, um Machlon und Kiljon zu trauern. Oder um für eine alte Frau zu sorgen, deren Leben vorbei war.

Sie setzte sich auf den Schemel vor ihrer Tür und sah dem Spiel einiger Nachbarskinder zu. Sie rannten die Straße hinunter und um eine Ecke, ihr Lachen echote fröhlich zurück. Kinder waren Leben – aber ihre Kinder waren nicht mehr. Aber ihre Schwiegertöchter, sie hatten noch eine Chance. Wenn sie das tat, was sie tun musste.

Wenn sie in Kir-Hareset blieb, würden Ruth und Orpa weiter bei ihr leben. Sie würden ihre Jugend damit verbringen, für die Mutter ihrer verstorbenen Ehemänner zu sorgen. Wie konnte sie es zulassen, dass diese lieben Mädchen ihr Leben für sie vergeudeten? Sie liebte sie zu sehr, um weiter mit anzusehen, wie sie eine Handvoll Korn von einem Fremden erbettelten oder sich von Freunden und Verwandten ein Stück Brot geben ließen. Verließ sie dagegen Kir-Hareset und Moab, dann könnten ihre Schwiegertöchter zurück zu ihren Familien gehen, die sie mit offenen Armen aufnehmen würden. Bestimmt würden ihre Väter ihnen rasch neue Männer besorgen, denn sie waren jung und schön. Dann würden Ruth und Orpa ihren verdienten Kindersegen bekommen, den Noomi ihnen mehr als alles andere wünschte.

Sie selber würde zurück nach Bethlehem gehen. Sie wusste nicht, ob ihre Verwandten und Freunde noch dort waren und die Hungersnot überlebt hatten, aber sie hatte gehört, dass die Hungersnot endlich vorbei war. Vielleicht waren auch die Überfälle der Midianiter vorbei. Und selbst wenn nicht – sie wollte nach Hause, und was sie dort vorfinden würde, sie würde es annehmen. Wenn sie den Rest ihres Lebens als Bettlerin verbringen müsste – so sei es. Wenn sie nur wieder in dem Verheißenen Land war, dort, wo auch die anderen den einen wahren Gott anbeteten.

O Herr, schenke du das! Bring mich sicher nach Hause, bevor ich sterbe. O Vater, hab Erbarmen mit mir, denn ich bin allein und in großer Not, und es wird immer schlimmer mit mir. Und ich will doch das tun, was in deinen Augen das Rechte ist. Hilf mir!

Mehrere Nachbarinnen, die vorbeikamen, grüßten sie. Sie nickte ihnen mechanisch lächelnd zu. *Warum sitze ich hier? Warte ich darauf, dass Gottes Stimme zu mir spricht, wie einst zu Mose? Aber wer bin ich, dass Gott so mit mir reden sollte? Oder will ich, dass sein Finger dort drüben auf die Wand schreibt, was ich tun muss? Ich weiß doch, was ich tun muss! Ich werde Buße tun und in mein Heimatland zurückkehren.*

Noomi legte ihre Hände auf die Knie und drückte sich hoch. Sie zog ihr Kopftuch um die Schultern und trat zurück in ihr Haus. Ruth kniete gerade vor dem Herd und legte Brotlaibe auf den Rost, während Orpa ein Kleid ausbesserte. Die beiden jungen Frauen sahen zu ihr hoch und lächelten. Sie blieb stehen, sah die beiden an, suchte nach Worten, die nicht kamen. Sie drehte sich um und begann, ihre Habseligkeiten zusammenzusuchen.

Ruth erhob sich. »Was machst du da, Mutter?«

»Ich packe.«

»Packen?«, sagte Orpa. »Wo willst du denn hin?«

»Nach Hause.«

***

Noomi hatte geahnt, dass ihre beiden Schwiegertöchter darauf bestehen würden, sie nach Bethlehem zu begleiten. Die Hitze der Jugend ... Sie ließ sie gewähren; sie wusste, dass es ihnen schon bald dämmern würde, was es hieß, Moab und ihre Familien zu verlassen. Spätestens wenn sie den Arnon erreichten, wären sie bereit, zurückzugehen. Es wäre viel einfacher, sie an der Grenze ihres Landes von ihrem Unterfangen abzubringen, als hier in Kir-Hareset. Sie würde ihre Gesellschaft ruhig noch ein wenig genießen und sie dann zurück nach Hause schicken. Sie versuchte, nicht daran zu denken, dass sie sie anschließend nie mehr sehen würde. Sie würde sie nicht vergessen und jeden Tag für sie beten, bis an ihr Lebensende.

Auch die Mädchen begannen zu packen, und Noomi fragte sich, ob sie es auch nur bis zum Stadttor schaffen würden mit all den Sachen, die Orpa mitschleppen wollte. Das arme Mädchen. Sie brachte es nicht fertig, etwas zurückzulassen. Sie war von Kopf bis Fuß bepackt mit den Dingen, die sich während ihrer Ehe mit Kiljon angesammelt hatten; sogar ein kleiner Schemel war dabei. Orpa seufzte bedrückt auf. »Wenn wir nur den Tisch und den Teppich mitnehmen könnten ...«

Ruths Gepäck dagegen bestand nur aus ein paar bunten Schärpen, die sie selber gemacht hatte, einem Wasserschlauch und genügend Korn und Rosinenfladen für mehrere Tage. »Wo sind deine anderen Sachen, Ruth?«, fragte Noomi.

»Ich habe alles, was ich brauche. Lass mich den Kochtopf tragen, Mutter, der ist zu schwer für dich. Wenn ich ihn trage, kommen wir heute weiter.«

Noomi hatte den Nachbarn erklärt, dass Orpa und Ruth in ein paar Tagen zurückkehren würden, und sie gebeten, so lange auf ihr Haus aufzupassen. Wenn die beiden Mädchen nach Kir-Hareset zurückkehrten, würden sie sicher alles verkaufen, auch das Haus selber, und sich den Erlös teilen. Ihr war es gerade recht. Sie trauerte den hübschen Geschenken, die Elimelech ihr gegeben hatte, nicht nach. Was sollte sie mit dem moabitischen, philistäischen und ägyptischen Tand? In Bethlehem könnte sie sowieso nichts mit ihm anfangen.

Sie hatte den Verdacht, dass Ruth alles Orpa schenken würde. Die liebe Ruth – sie hatte solch ein großzügiges Herz, nicht zu vergessen einen reichen Vater, der sie gerne wieder in sein Haus aufnehmen würde. Bestimmt hatte er schon sein Auge auf einen neuen Mann für Ruth geworfen – einen reichen Kaufmannssohn oder einen Beamten am königlichen Hof. Der Gedanke, dass Ruth mit einem anderen verheiratet sein würde als ihrem Sohn, wollte ihr das Herz zusammenziehen. Komisch – bei Orpa war es nicht so.

Lag das vielleicht daran, dass Ruth ihr Herz dem wahren Gott geöffnet hatte? Was hatte Noomi sich gefreut, als sie merkte, wie langsam, aber stetig der Glaube in dem Herzen des Mädchens Fuß fasste.

»Hast du gestern deine Eltern besucht, Ruth?«, fragte sie.

Ruth schüttelte den Kopf.

»Warum nicht? Sie müssen das doch wissen, dass du die Stadt verlässt.«

»Sie werden wissen, dass ich bei dir bin.«

»Und wissen sie, dass ich zurück nach Bethlehem gehe?«

»Meine Mutter hat gesagt, dass du bestimmt nach Bethlehem zurück willst, und ich habe ihr gesagt, dass ich zur Familie meines Mannes gehöre, komme, was will.«

Noomi beschloss, es damit bewenden zu lassen. Sie ging los. Ihr Gepäck bestand aus einem kleinen

Sack getrockneten Korns, einem Wasserschlauch und einem Lederbeutel, in welchem ein Sandelholzkästchen mit Weihrauch lag. Sie würde den Weihrauch bei ihrer Ankunft in Bethlehem dem Priester übergeben, als Opfer für den Herrn.

Sie fühlte sich merkwürdig erleichtert, als sie durch die Gassen von Kir-Hareset ging und die offene Landstraße vor sich sah. Was auch an Mühsalen kommen mochte, sie war auf dem Weg zurück nach Kanaan. Sie drehte sich nicht um. Orpa sah sich um, leise weinend. Ruth lächelte nur und schaute zu der Königsstraße hin, die bis zum Toten Meer führte. »Heute ist ein guter Reisetag, Mutter.«

Die Sonne stieg höher, wurde heißer und drückender. Noomi spürte, wie die Verzweiflung sich um ihr Herz legen wollte. Jetzt würde sie bald Auf Wiedersehen zu ihren Töchtern sagen. *Herr, gib mir Kraft, dass ihr Wohl mir wichtiger ist als meine Angst vor dem Alleinsein. Vater, vergelte ihnen ihre Freundlichkeit. Segne sie, bring sie sicher nach Hause. Und gib mir Mut, alleine weiterzugehen.*

Am Mittag hielten sie unter einer Terebinthe an, um Rast zu machen. Noomi nahm den Rosinenfladen und das Wasser, das Ruth ihr anbot, aber Orpa wollte nichts essen. Sie war still, die Augen niedergeschlagen. Ruth setzte sich und wischte sich den Schweiß aus dem Gesicht. »Geht es dir nicht gut, Orpa?«

»Wenn ich mich ausgeruht habe, geht es schon wieder.«

Noomi wusste, was Orpa fehlte, und es gefiel ihr nicht. Sie musste die beiden jetzt zurückschicken. Noch konnten sie rechtzeitig vor Einbruch der Nacht wieder in der Stadt sein. Sie aß rasch fertig, stand auf und hob das Bündel, das Ruth bisher für sie getragen hatte, auf ihre Schultern.

»Was hast du vor?«, fragte Ruth, die ebenfalls aufstand.

»Ich gehe alleine weiter.«

»Nein, Mutter!«

Orpa rappelte sich hoch und trat neben Ruth, heftig weinend. »Geh nicht! Bitte geh nicht!«

Noomis Herz wollte brechen, aber sie wusste, dass sie fest bleiben musste. »Geht zurück zu euren Müttern und lasst mich allein weiterziehen. Möge der Herr euch eure Güte zu euren Männern und zu mir reich vergelten und euch mit einer neuen Ehe segnen.«

Ruth weinte auf. »Nein.« Sie schüttelte den Kopf. »Nein, *nein* ...« Sie trat vor. »Wir wollen mit dir zu deinem Volk gehen.«

»Warum wollt ihr mit mir gehen?« Noomi versuchte vergeblich, ihre Stimme ruhig zu halten. »Kann ich noch andere Söhne gebären, die einmal eure Männer werden könnten? Nein, meine Töchter, geht zurück in das Haus eurer Eltern, denn ich bin zu alt, um nochmals zu heiraten. Und selbst wenn das möglich wäre – wolltet ihr etwa warten, bis meine Söhne groß genug sind, und solange niemand anderes heiraten? Natürlich nicht, meine Töchter!

Mein Los ist zu bitter für euch. Gott selber hat dieses Leid über mich gebracht.«

Ruth und Orpa weinten noch heftiger. Dann umarmte Orpa sie. »Ich werde dich nie vergessen, Noomi. Mögest du sicher nach Hause kommen.«

»Ich werde dich auch nicht vergessen.« Noomi küsste sie. »Komm auch du gut nach Hause.«

Orpa nahm ihre Bündel und ging los, zurück in Richtung Kir-Hareset. Nach ein paar Schritten hielt sie an und sah zurück. »Kommst du nicht mit, Ruth?«

»Nein.« Ruth schüttelte den Kopf, Tränen in den Augen. »Ich gehe mit Mutter.«

Orpa setzte ihre Sachen ab und rannte zurück, um sie zu umarmen. »Bist du ganz sicher, meine Schwester?«

»Ich bin noch nie sicherer gewesen.«

»Bitte ...«

»Nein. Geh du nur zurück, ich gehe mit Noomi.«

Orpa sah sie und Noomi an, dann drehte sie sich um, nahm ihre Bündel wieder hoch und ging. Noomi sah ihr hinterher, dann schaute sie Ruth an. Sie streckte ihre Hand aus und zeigte auf die Silhouette von Kir-Hareset. »Siehst du, deine Schwägerin geht zurück zu ihrem Volk und zu ihren Göttern. Tu dies auch, Ruth.«

Die Tränen rannen Ruth über das Gesicht, aber sie blieb stehen. »Verlange nicht von mir, dass ich zurückgehe. Ich werde es nicht tun.«

»Aber, wie sollte ich dir nicht zureden, zurückzukehren?« Noomi trat näher zu ihr. »Du hast doch gehört, was ich gesagt habe, Ruth. Soll ich dich wirklich mit mir nach Bethlehem nehmen, damit du es genauso bitter hast wie ich? Willst du ohne Mann und Kinder alt und grau werden? Geh mit Orpa! Kehre zurück zu deiner Mutter und zu deinem Vater!«

»Nein! Ich werde dich nicht verlassen! Mache mich zu deiner Glaubensgenossin.«

Noomis Herz zog sich zusammen. »Oh, meine Liebe, denke doch darüber nach, was du da sagst! Das Leben meines Volkes ist nicht so einfach wie das, das du gekannt hast. Wir müssen den Sabbat und viele Feiertage einhalten, an denen wir nur eine kleine Strecke reisen dürfen.«

»Wo du gehst, da will ich auch hin.«

Noomi wusste: Sie musste die Wahrheit sagen, auch wenn sie damit Ruth verletzte. »Wir dürfen auch nicht die Nacht bei Heiden verbringen.«

»Ich will leben, wo du lebst.«

»Über sechshundert Gebote müssen wir halten!«

»Was dein Volk hält, werde ich auch halten, Mutter, denn dein Volk wird mein Volk sein.«

»Wir dürfen keine fremden Götter anbeten. Kemosch ist bei uns ein Greuel!«

»Dein Gott soll mein Gott sein.«

Noomi breitete ihre Hände aus. »Wir haben vier Arten der Todesstrafe für Übeltäter, Ruth: Steine, Feuer, den Strick und das Schwert. Überlege dir gut, was du da sagst!«

Ruth antwortete nicht. Noomi fuhr fort: »In meinem Volk wird man in Grabhöhlen begraben.«

»Dann soll dies auch bei mir so sein, Mutter.« Ruth fiel auf ihre Knie und schlang ihre Arme um Noomis Taille. »Ich will sterben, wo du stirbst, und auch dort begraben werden.« Noomi versuchte, sich von ihr freizumachen; Ruth umklammerte sie nur um so fester. »Und möge der Herr mich hart strafen, wenn ich mich durch irgendetwas von dir trennen lassen sollte, außer durch den Tod!«

Jetzt weinte Noomi selber. Sie legte ihre Hände auf Ruths Kopf, strich ihr über das Haar und sah zu dem Himmel hoch. Dies hier – sie hatte es nie zu hoffen gewagt. Nie hatte sie erwartet, dass diese junge Moabiterin bereit wäre, alles aufzugeben, um mit ihr zu gehen. Sie sah zu ihr hinunter und strich ihr geistesabwesend über das Gesicht. »Du wirst deine Mutter und deinen Vater, deine Brüder und Schwestern nie mehr sehen, Ruth. Ist dir das klar?«

»Ja.« Ruth hob ihr Gesicht, nass von Tränen.

»Dein Leben wird leichter sein, wenn du jetzt zurückgehst.«

»Oh, Noomi, wie kann ich zurück in mein altes Leben gehen, wenn du die Worte der Wahrheit hast?« Ihre Arme schlossen sich noch enger um Noomi, sie begann zu schluchzen. »Bitte verlange nicht von mir, dass ich dich verlasse. Führe mich nicht in Versuchung. Ich gehe mit dir! *Dein Gott soll mein Gott sein.*«

Wie konnte Noomi Nein sagen zu diesen Worten?

Hatte sie nicht darum gebetet, dass Ruths Herz sich öffnen würde für den Gott Israels? Und jetzt war dieses Gebet erhört worden, eines unter tausend. »Hab keine Angst«, sagte sie leise und lockerte Ruths Arme um ihre Taille. Sie nahm ihr Gesicht in ihre Hand und wischte ihr lächelnd die Tränen ab. »Es sei, wie Gott es will. Was auch kommt, wir werden gemeinsam hindurchgehen.«

Ein erleichtertes Leuchten trat in Ruths Augen. »Ich werde auf jedes deiner Worte hören, denn ich weiß: Du wirst mich alles lehren, was ich wissen muss.«

»Alles, was ich an den Knien meiner Mutter gelernt habe, werde ich dir sagen. Alles, was ich habe, ist dein, und ich gebe es dir mit Freuden.« Auf einmal wusste Noomi: Es war mehr als die Ehe mit ihrem Sohn, das ihr dieses Mädchen ins Leben und Herz gepflanzt hatte. Und jetzt würde sie darum beten, dass Ruth auch in ihr Volk eingepflanzt würde.

Herr, du hast mich doch nicht vergessen. Du wusstest, dass ich es nicht alleine nach Hause schaffen würde. Du hast mich nicht verlassen.

»Komm«, sagte Noomi. Sie nahm Ruths Hand und zog sie hoch. »Wir haben eine lange Reise vor uns.«

***

Ruth dachte nicht an die Probleme und Mühen, die sie und Noomi erwarten mochten, wenn sie Bethlehem erreichten. Jeder neue Reisetag hatte auch so

Mühen genug. Hatte sie nicht die ganzen Monate der Krankheit Machlons in Angst gelebt, was die Zukunft bringen würde? Es hatte ihr rein nichts gebracht. Sie hatte ihren Mann geliebt, aber sie hatte ihn nicht retten können, und mit all ihren Ängsten hatte sie den Tod keine Minute aufhalten können. Die Angst hatte ihr auch nicht geholfen, sich auf das Leben einer Witwe, die allein für ihren Lebensunterhalt sorgen musste, einzustellen. Als Machlon starb, hatte sie sich geschworen, sich nie mehr den Kopf über Dinge zu zermartern, die sie doch nicht beeinflussen konnte, und eines dieser Dinge war die Zukunft. Nein, sie würde alles auf sich zukommen lassen und das Beste aus dem machen, was Gott ihr geben würde.

Oft tröstete Noomi sie, ohne es selber zu merken. »Der Herr wird für uns sorgen«, hatte sie gestern Abend gesagt, und Ruth hatte wach auf dem harten Boden gelegen, zu den Sternen hochgesehen und über diese Worte nachgedacht. *Der Herr wird für uns sorgen.* So viel hatte Noomi durchgemacht, aber immer noch hielt sie an ihrem Glauben fest. Was für eine Kraft! *Der Herr wird für uns sorgen.* Wenn ihre Schwiegermutter dies sagte, dann musste es wahr sein, dann konnte auch sie das glauben.

Von der Stunde an, wo sie in Machlons Haus gekommen war, hatte Ruth gespürt, dass Noomi ... anders war. Schon rein äußerlich: Obwohl sie schon seit Jahren unter den Moabitern wohnte, kleidete sie sich immer noch wie eine Hebräerin. Aber nicht mit stolzer Allüre, als halte sie sich für etwas Besseres, sondern einfach so. Und dann ihr tiefer Glaube an den Gott Israels. Zuerst hatte Ruth, wenn Noomi so lange nichts sagte, gedacht, dass sie die Frau, die ihr Sohn sich da genommen hatte, nicht mochte. Aber Machlon hatte sie aufgeklärt. »Sie betet nur«, hatte er achselzuckend erklärt. »Das macht sie schon, solange ich sie kenne. Lass dich nicht davon stören, es ist nichts Schlimmes. Übersehe es einfach.«

Aber Ruth hatte es nicht übersehen. Sie sah, dass das Beten sehr wichtig zu sein schien für Noomi, und wollte wissen, warum dies so war. Und so hatte sie begonnen, ihre Schwiegermutter heimlich zu beobachten. Manchmal war ihr Gesicht ein Bild des Friedens, wenn sie mit ihrem Gott sprach, dann wieder voller Angst und Not. Jeden Morgen, an vielen Mittagen und stets am Abend zog Noomi ihr Tuch über ihren Kopf, setzte sich in einer Ecke hin und wurde ganz still. Einmal hatte Ruth sie gefragt, für was sie da betete, und sie hatte gelächelt und gesagt: »Für alles.« Dann waren ihre Augen traurig geworden. »Meistens für meine Söhne.« Und sie hatte ihre Hand auf die Ruths gelegt und hinzugefügt: »Und für meine Töchter.«

Die warmen Worte hatten Ruth die Tränen in die Augen steigen lassen. Sie bewunderte ihre Schwiegermutter sehr; sie war so freundlich und gelassen, gerecht beim Verteilen der Hausarbeit und selber so fleißig wie die anderen auch. Es war deutlich, dass sie ihre Söhne tief und unparteiisch liebte, und obwohl sie aus einem anderen Volk kamen, behandelte sie Ruth und Orpa wie ihre eigenen Töchter. Liebe war ein Geschenk, das Noomi in Überfülle zu bieten hatte. Und was Machlon auch sagen mochte, Ruth spürte bei ihrer Schwiegermutter eine tiefe Weisheit – eine Weisheit, die sie zutiefst anzog.

Aber sie spürte auch Noomis Schmerz. Noomi schien nicht wirklich zu Hause zu sein in Kir-Hareset, sich nicht wohl zu fühlen in ihrer Haut dort. Es musste mit ihrem Gott zusammenhängen. Ruth hatte Angst gehabt, Noomi selber darauf anzusprechen, und so hatte sie stattdessen Machlon gefragt.

Machlon hatte nie viel Worte über den Gott seines Volkes verloren, ja er schien wenig über ihn zu wissen. Als Ruth ihn ansprach, sagte er: »Warum interessierst du dich so für diesen Gott?«

»Möchtest du nicht, dass ich deine Söhne in seinen Wegen unterweise?«

»Unterweise sie lieber über Kemosch, das tut's auch. Über Jahwe werden sie schon von meiner Mutter hören. Das Wichtigste ist sowieso, dass sie alle Religionen gleich gelten lassen; nur so können sie es hier in Kir-Hareset zu etwas bringen.«

In Machlons Augen war der eine Gott gerade so gut wie der andere. Für Noomi schienen solche Kompromisse nicht in Frage zu kommen. Sie sprach zwar nie herabsetzend über den Glauben anderer Menschen, aber sie hielt mit stiller Beharrlichkeit an ihrem Glauben an Jahwe fest.

Jetzt sah Ruth ihre Schwiegermutter an, wie sie

auf der Seite lag, ihr Kopf auf einem Stein, und schlief. Minuten nach der schlichten Abendmahlzeit aus Brot, die Ruth gerichtet hatte, war sie eingeschlafen. Die Sonne war untergegangen, die Luft wurde rasch kühler. Ruth stand auf und breitete vorsichtig ihr Tuch über Noomi. Sie merkte, wie die Reise ihre Schwiegermutter anstrengte. In den Wochen nach Machlons Tod hatte sie so wenig gegessen, dass Ruth Angst gehabt hatte, sie würde vor Trauer verhungern. Mit schmackhaften Gerichten hatte sie versucht, den Appetit ihrer Schwiegermutter anzuregen. Jetzt war es die schiere Anstrengung, die ihren Appetit dämpfte; nach einem ganzen Tag Laufen konnte sie kaum lange genug die Augen offen halten, um etwas zu essen. Fast kam es Ruth so vor, als ob ihre Rollen sich vertauscht hatten; jetzt war Noomi das Kind, und sie die fürsorgliche Mutter. »Das macht nichts«, flüsterte sie und küsste Noomi sachte auf die Wange. Sie strich ihr die schwarzen Haarsträhnen aus dem sonnenverbrannten Gesicht.

Sie erhob sich wieder und wickelte ihre Arme um ihren Leib. Sie fröstelte leicht. In der Ferne war der Gipfel des Nebo zu sehen. Erst am Morgen hatte Noomi ihr erzählt, dass Mose auf diesen Berg gestiegen und dort gestorben war, nachdem er Josua die Führung des Gottesvolkes übertragen hatte. Bald danach hatten die Israeliten den Jordan überschritten und Kanaan eingenommen. Ruth hörte gerne zu, wenn Noomi ihr berichtete, was Gott für die Hebräer getan hatte. Seine mächtigen Taten, seine hartnäckige Liebe – sie rührten ihr Herz merkwürdig an.

Sie schloss die Augen und hob ihr Gesicht zum Himmel hoch. »Gott, hilf mir, für deine Dienerin Noomi zu sorgen«, flüsterte sie. »Durch sie bin ich zum Glauben an dich gekommen. Bitte leite du unsere Schritte und bringe uns sicher nach Bethlehem. Und, Herr, wenn dies nicht zu viel ist, dann lass alte Freunde da sein, die Noomi begrüßen, wenn sie wiederkommt, Menschen, die sie von früher her lieben und die sie auch in den schweren Tagen, die vor ihr liegen, lieben werden.«

KAPITEL 2

Die Tage waren lang und heiß und trocken. Frühmorgens weckte Ruth Noomi. »Die Sonne geht bald auf, Mutter«, sagte sie. »Wir brechen am besten gleich jetzt auf, solange es noch kühl ist.« Worauf sie schweigend gingen, bis die Sonne ihren höchsten Punkt erreichte und sie sich einen schattigen Platz zum Ausruhen suchten. Noomi schlief meistens ein, während Ruth die Straße entlangstarrte und sich fragte, was die Zukunft wohl bringen würde.

Sie erreichten das Wadi Arnon, das die Südgrenze des Stammes Ruben markierte, und folgten der Königsstraße nach Dibon, Heschbon und Abel Schittim. In jeder Stadt, durch die sie kamen, tauschte Ruth auf dem Markt die Schärpen, die sie gewoben hatte, gegen Proviant ein und erkundigte sich nach dem Weg.

»Die Straße von Jericho nehmt ihr besser nicht«, sagte eine Frau, die Zwiebeln und Knoblauch verkaufte. »Die Berge dort sind voll von Räubern. Sie greifen sogar Karawanen an, und alleine habt ihr keine Chance.«

»Ich bin nicht allein. Ich reise mit meiner Schwiegermutter.«

»Zwei Frauen? Da geht besser zum Kamelmarkt dort hinten und schaut euch nach einem Händler um, der euch mit seiner Karawane ziehen lässt. Die Straße von Jericho nimmt keiner, ohne sich zu schützen. Die Räuber kassieren euch ein und verkaufen euch als Sklaven.«

Als Ruth zu ihrem kleinen Lager bei der Stadtmauer zurückkehrte, war Noomi dabei, ungesäuertes Brot über dem Feuer zu backen. Mit einem zweizackigen Spieß drehte sie den Laib geschickt um. »Ich habe mir schon Sorgen gemacht«, sagte sie, ohne aufzublicken.

Ruth hockte sich neben sie. »Entschuldige, Mutter, ich hätte zurückkommen und dir sagen sollen, was ich machte. Eine Händlerin auf dem Markt hat mich vor Räubern gewarnt, die den Leuten in den Bergen auflauern, und da habe ich mich gleich nach Hilfe umgeschaut. Morgen früh schließen wir uns einer Karawane an, die über die Jericho-Straße zieht. Der Mann ist ein Benjaminiter und hat bewaffnete Wachen dabei. Bei ihm sind wir in Sicherheit.«

Noomis Schultern gingen nach unten. Sie legte das Brot zum Abkühlen beiseite. »Dass ich da nicht selber dran gedacht habe ...« Sie hockte sich hin und schlug die Hände vor das Gesicht.

Ruth nahm das Brot und brach es. Sie hielt Noomi die eine Hälfte hin. Noomi schüttelte den Kopf. »Du musst essen, Mutter. Du brauchst deine Kraft.«

Noomi weinte, die Hände weiter vor dem Gesicht. »Warum habe ich nicht an die Gefahren gedacht? Warum hab ich dich mitgenommen auf diese Reise? Was bin ich für eine egoistische Alte!«

Ruth lächelte. »Du wolltest mich doch zurückschicken. Mach dir keine Sorgen, wir schaffen das schon.«

Noomi hob ihren Kopf. »Eine junge Frau wie du ist in viel größerer Gefahr als eine alte Witwe wie ich.«

»Wir sind beide in Gefahr, und wir sorgen entsprechend vor. Der Mann macht einen Vertrauen erweckenden Eindruck.«

»Heute kann man niemand mehr trauen.«

Ruth hielt ihr das Brot erneut hin. Noomi nahm es, brach ein kleines Stück davon ab und aß langsam, die Stirne weiter gerunzelt.

Ruth lächelte sie an. »Wie oft hast du schon gesagt: ›Der Herr wacht über denen, die ihn lieben‹?«

»Und straft die, die ihn verachten.« Noomis Augen füllten sich erneut mit Tränen, und Ruth wusste, dass sie jetzt an Elimelech, Kiljon und Machlon dachte. Ja, Machlon ... Wie jung war er gewesen, so viele Jahre hatten noch vor ihm gelegen. Wie gerne hätte sie ihm ein Kind geschenkt! Einen Sohn, um seinen Namen weiterzutragen.

»Ich bin so müde«, sagte Noomi, die Stimme tränenerstickt. »Ich weiß nicht, ob ich es bis nach Hause schaffe. Die Berge – die hatte ich ja ganz vergessen.«

»Wenn wir müde werden, ruhen wir uns aus.«

»Ja, und die Karawane zieht ohne uns weiter.«

»Dann schließen wir uns einer anderen an.«

»Wenn wir nicht bis dahin überfallen und ...«

»Sag nicht so was!« Ruth kniete sich neben Noomi hin und nahm ihre Hand. »Denk es noch nicht einmal, Mutter, sonst haben wir keine Chance. Denk an das, was hinter diesen Bergen liegt: Bethlehem. Unsere Heimat. Wenn wir an all das denken, was schiefgehen könnte, werden wir zu viel Angst haben, um den nächsten Schritt zu tun. *Bitte.* Erzähle mir wieder von Gott, Mutter. Wie er in der Wüste die Tausende von Menschen mit Speise versorgt hat. Wie er aus einem Felsen Wasser fließen ließ. Und bete.« Sie weinte leise. »Bitte ihn, dass er sich unser erbarmt.«

Noomi zuckte schuldbewusst zusammen. Sie berührte Ruths Gesicht. »Manchmal vergesse ich. Manchmal denke ich nur an das, was ich verloren habe, und nicht an das, was ich habe.«

»Wir haben einander«, sagte Ruth. »Und wir haben Gott. Das ist mehr als genug. Das hast du selber mir beigebracht.«

»Erinnere mich daran, wenn ich es nötig habe.«

***

Am Spätnachmittag des folgenden Tages überquerten sie mit der Karawane den Jordan. Am anderen Ufer sank Noomi unter den Bäumen auf den Boden. »Ich kann nicht mehr.«

Ruth half ihr, sich bequem zu setzen, und brachte ihr Wasser. »Ruhe dich hier aus, während ich Ashir Ben Hadar danke.« Die letzten der Kamele gingen gerade durch den Fluss, als Ruth, sich tief verneigend, vor den Besitzer der Karawane trat. »Danke, dass du uns erlaubt hast, in deiner Gesellschaft zu reisen.«

»Wollt ihr uns schon wieder verlassen?«

»Die Kräfte meiner Schwiegermutter sind für heute erschöpft. Wir werden hier am Fluss kampieren und morgen weiterziehen.«

»Das ist schade. Wir werden die Nacht in der Oase verbringen. Dort wäret ihr mehr in Sicherheit als hier.«

»Möge der Herr euch sicher an euer Ziel bringen und dich für deine Barmherzigkeit, die du zwei Witwen erzeigt hast, segnen.«

Der Karawanenbesitzer runzelte die Stirn. »Möge der Herr euch beschützen.« Er wandte sich ab, stieg auf sein Kamel, klopfte mit dem Stock an seinen Hals und rief einem seiner Diener auf Ägyptisch einen Befehl zu. Das Kamel stand, heftig vor- und zurückschaukelnd, auf, und Ruth verneigte sich erneut, während der Händler zur Spitze seiner Karawane ritt. Fast hatte sie die Bäume am Ufer wieder erreicht, als einer der Diener Ashir Ben Hadars herbeigerannt kam und ihr einen Sack und einen prallen Schlauch in die Hände schob. »Geschenke vom Herrn«, krächzte er und rannte wieder fort.

Ruth kniete sich lächelnd neben Noomi. »Sieh und schmecke, wie der Herr für die sorgt, die ihn lieben.«

Noomi hob den Schlauch vorsichtig an ihren Mund und nahm einen kleinen Schluck. Ihre Augen wurden groß. »Frische Ziegenmilch!«

Ruth öffnete auflachend den Sack. »Und Rosinenfladen, Mutter. Genug für mehrere Tage. Zusammen mit dem Korn, das wir noch haben, haben wir jetzt genug Proviant bis Bethlehem.«

Sie aßen und schauten zu, wie die Sonne hinter die Berge hinter Jericho sank. »Nicht weit von hier hat der Herr das Wasser des Jordans angehalten, sodass Josua unser Volk hinüberbringen konnte«, sagte Noomi. »Meine Mutter erzählte mir, dass nach dem Tod des Mose auf dem Berg Nebo das Volk dreißig Tage lang trauerte. Dann wurde Josua vom Geist des Herrn erfüllt und führte das Volk nach Schittim.« Sie zeigte auf das andere Ufer des Flusses, in die Richtung, aus der sie gekommen waren. »Dort wartete er, bis der Herr ihm zeigte, was er tun sollte. Dann brachte er das Volk ans Ufer des Jordans, und Gott ließ das Wasser anhalten, dass die Israeliten trockenen Fußes hindurchziehen konnten. Meine Mutter und mein Vater waren dabei an diesem Tag. Das Volk lagerte sich in Gilgal und feierte das Passafest.«

»Und was sind das für Steine, die dort drüben aufrecht am Fluss stehen?«

»Die Gedenksteine?« Noomi stand auf und trat neben Ruth. »Die haben sie damals aufgestellt, damit jeder, der dort vorbeikommt, sich daran erinnert, was der Herr für sein Volk getan hat. Es sind zwölf Steine, je einer für jeden der Stämme, die von unserem Vater Jakob kommen. Und siehst du die Strudel dort hinten? Da stehen noch einmal zwölf Steine, mitten im Fluss, an der Stelle, wo die Priester mit der Bundeslade standen, während das Volk durch den Fluss zog.« Sie zeigte auf das andere Ufer. »Und dort hinten ist der Altar, den die Söhne Rubens, Gads und Manasses erbauten. Die Stämme auf dieser Seite des Jordans fingen wegen ihm um ein Haar einen Krieg an.«

»Warum das?«

»Weil die Stämme am Westufer des Jordans dachten, dass es ein Altar für Opfer an fremde Götter war. In Wirklichkeit ist er ein Denkmal dafür, dass die Stämme Ruben, Gad und Manasse Anteil am Erbe des Herrn haben. Er will uns daran erinnern, dass wir Brüder und Schwestern sind.«

Noomi erzählte weiter, bis die Sterne hell am Himmel standen. Die Geschichten, die ihr Vater und ihre Mutter ihr erzählt hatten. Von den Jahren der Wüstenwanderung. Von den mächtigen Taten, die Gott getan hatte, um sein Volk zu retten und zu erziehen. Als Noomi eingeschlafen war, schaute Ruth zu dem Sternenhimmel hoch und verspürte einen tiefen Frieden. Der Gott, der so über sein störrisches Volk in der Wüste gewacht hatte, er würde jetzt auch über Noomi wachen. Doch, er würde sie beide sicher nach Hause bringen, nach Bethlehem.

Am nächsten Tag gingen sie bis zur Oase von Jericho und verbrachten die Nacht unter ihren Palmen. Vor dem Fuß der Berge sahen sie die Ruinensilhouette der einst so mächtigen Stadt, die jetzt ein von Eidechsen und Schlangen bewohnter Trümmerhaufen war. Nicht weit entfernt, um die Quelle herum, gab es eine kleine, aber blühende Siedlung, die gute Geschäfte mit den Reisenden machte, die über die Jericho-Straße in Richtung Jerusalem reisten.

Als sie den beschwerlichen Anstieg begannen, betete Ruth pausenlos, während ihre Augen wachsam über den Weg vor ihnen glitten: *Gott, schütze uns. Wache über uns und lenke unsere Schritte.*

Eine Karawane überholte sie. Ruth sprach mit ihrem Führer und erhielt die Erlaubnis, in der Nacht bei der Karawane zu kampieren. Am folgenden Morgen versuchte sie nicht, Noomi anzutreiben, sondern passte sich ihrem Tempo an, obwohl die Karawane schon bald ihren Blicken entschwunden war.

»Herr, hilf uns, über diese Berge zu kommen«, flüsterte sie jeden Abend, bevor sie ihre Augen schloss.

Und mit jedem Tag war der Weg steiler und schwieriger, die Sonne heißer und der Proviant weniger. Als Noomi schwächer wurde, übernahm Ruth ihr Gepäck. Als sie in Depressionen verfiel, fragte Ruth sie über Bethlehem und ihre Kindheit aus, um ihr so neue Willenskraft zu geben. »Wir kommen mit jedem Tag näher, Mutter.«

»Und was wartet auf uns? Von denen, die ich gekannt habe, lebt womöglich keiner mehr.«

»Vielleicht sind Freunde da, die du vergessen hast.«

»Und die mich vergessen haben.« Noomi begann zu weinen, wie so oft, wenn die Erschöpfung sie überfiel. »Ich bringe dich heim in die Armut. Kein Mensch wird uns willkommen heißen.«

»Schau doch mal zurück und sieh, wie weit wir

schon gekommen sind«, keuchte Ruth unter ihrer Last.

»Schau nach vorne, wie weit es noch ist. Die ganze Zeit nur bergauf, bergauf.«

Ruth schaute in die Runde. Dort, wo sie jetzt waren, gab es keinen Platz, um sich zu lagern. Sie mussten weitergehen. Sie war nahe daran, selber loszuheulen. Ihr Rücken tat weh von der Last des Gepäcks, ihre Augen waren staubverschmiert, ihre Kehle ausgedörrt. Sie befingerte das Fläschchen, das sie an einem Band um den Hals trug. Es war mit den Tränen gefüllt, die sie für Machlon vergossen hatte, zum Zeichen ihrer Achtung und Liebe. Sie ließ es wieder los und schloss die Augen. »Der Herr sieht unseren Schmerz, Mutter. Er weiß, was wir brauchen.«

»Wo ist er dann?«

Ruth presste ihre Lippen zusammen, um nicht vor lauter Verzweiflung aufzuschreien. Sie durfte jetzt nicht schwach werden; was sollte dann aus ihnen werden?

»Ich kann nicht weitergehen, Ruth, es ist zu schwer. Ich schaffe es nicht. Lass mich hier liegen, damit ich sterben kann, ich bin zu müde, mir ist alles egal!«

Ruth legte ihren einen Arm um Noomi und stützte sie. »Du musst aber weiter. Nur noch ein bisschen. Wir finden gleich eine Stelle, wo wir ausruhen können.«

»Morgen werde ich genauso müde sein wie heute. Ich kann nicht mehr.«

»Wir schaffen das, Mutter.«

»Und wenn – was werden wir dort antreffen?« sagte Noomi bitter. »Ich habe kein Land, kein Haus, keinen Mann, keine Söhne, nichts. Was werden wir in Bethlehem haben?«

Ruth kämpfte gegen ihre Tränen an und sagte: »Das weiß ich nicht, aber Gott wird uns helfen, bestimmt.«

Sie konnte nicht weiterreden. Sie hatte nur noch Kraft, um weiterzugehen, bis sie einen Lagerplatz fanden. *O bitte, Gott, hilf uns, bitte!*

Als sie um eine Biegung des Weges kamen, sah Ruth eine große Spalte in der Felswand vor ihnen. »Nur noch ein paar Schritte, Mutter.« Sie zog Noomi weiter. Die Spalte war groß genug, um den beiden Frauen für die Nacht Schutz zu geben.

Noomi ließ sich aufseufzend niedersinken, mit dem Rücken an einen Felsblock gelehnt. Ruth setzte mit wehem Rücken ihre Bündel ab und setzte sich neben sie. Sie rollte ihre Schultern, um die schmerzenden Muskeln zu entspannen. »Wir sind jetzt fast oben«, sagte sie, während sie ihren Kopf gegen den kalten Stein sinken ließ. »Morgen erreichen wir Jerusalem.«

Noomi antwortete nicht. Sie atmete schwer, die Augen geschlossen, das Gesicht blass vor Erschöpfung.

Ruth stand auf und rollte die Bettmatte auseinander. Sie brach den letzten Rosinenkuchen in zwei Stücke. »Wenn du etwas gegessen hast, geht's dir wieder besser.« Noomi nahm den Kuchen und aß langsam. Ruth sah, wie ihre Augen feucht glänzten.

Noomi faltete ihre Hände in ihrem Schoß. »Wenn Gott will, sind wir morgen früh in Bethlehem«, sagte sie. »Es liegt gleich hinter Jerusalem.«

Ruth legte lächelnd ihre Hand auf die Noomis. »Du bist fast zu Hause, Mutter.«

Noomi schloss ihre Augen, aber nicht bevor ein paar Tränen über ihre staubigen Wangen rollten. Ruth rutschte näher und legte ihren Arm um sie. Noomi lehnte ihren Kopf an Ruths Schulter. Kurz darauf war sie eingeschlafen.

Herr, Herr ... Ruth wusste nicht, was sie noch beten sollte. Sie war zu müde, um zu denken, aber nicht, um Angst zu haben. *Danke, dass du uns so weit gebracht hast. Bitte verlass uns jetzt nicht.*

Sie wusste: Die eigentliche Prüfung lag noch vor ihr. Dass ihre Schwiegermutter sie mit jedem Tag, den sie unterwegs waren, mehr brauchte, damit konnte sie leben. Aber in ihr bohrte eine Frage.

Was würde sie in Bethlehem erwarten?

Kapitel 3

Noch bevor die Sonne aufging, begannen die Frauen die letzte Etappe ihrer Wanderung. Dass Bethlehem so nahe war, schien Noomi neue Kräfte zu geben; Ruth brauchte sie nicht mehr anzuspornen, im Gegenteil, es war Noomi, die sagte: »Es ist nicht mehr weit, wir sind bald da.« Sie folgten weiter der Straße, vorbei an Jerusalem. Es war noch Vormittag, als sie Bethlehem erreichten. Um den Brunnen in der Mitte der Stadt standen lachend und schwatzend die Frauen, um das Wasser für den Tag zu schöpfen. Als sie Noomi und Ruth sahen, wurden ihre Stimmen plötzlich leiser, einige steckten die Köpfe zusammen. Ruth spürte, wie Noomi nervös wurde. »Komm, Mutter«, sagte sie. »Vielleicht ist hier jemand, der dich kennt. Und die Schläuche füllen muss ich sowieso.«

Eine der Frauen, die älter als die anderen aussah, löste sich aus der Gruppe. »Ja, ist das wirklich Noomi?« Sie legte ihre Stirn in Falten und den Kopf zur Seite, als könne sie nicht deutlich sehen.

Ruth berührte den Arm ihrer Schwiegermutter. »Siehst du? Sie haben dich nicht vergessen, du hast noch Freunde in Bethlehem.«

»Es *ist* Noomi!« Die Frau kam mit ausgebreiteten Armen auf sie zu. »Noomi, du bist zurückgekommen!«

Jetzt kamen auch die anderen Frauen herbei, alle

begannen gleichzeitig zu reden. Ruth machte ihnen respektvoll Platz und schickte ein Dankgebet zu Gott hoch, dass Noomi so warm empfangen wurde. Vielleicht würde diese begeisterte Begrüßung Noomis Stimmung heben.

»Noomi, du siehst ja aus, als ob du Hunderte von Meilen gelaufen bist!« – »Wir haben gehört, dass du in Moab warst.« – »Wie ist es dir ergangen?«

Noomi schien sich mit jedem Augenblick unbehaglicher zu fühlen. Ruth sah, wie sie hin- und herschaute, als suche sie einen Fluchtweg vor der Neugierde der Frauen.

»Ich weiß noch, wie ihr mit ein paar schwer beladenen Maultieren losgezogen seid damals.« – »War es nicht gut in Moab?«

Was ging jetzt vor in Noomi? Sie war zu Hause, in Bethlehem, aber sie war arm und mittellos. Sie war von alten Freundinnen umgeben, aber die Zielscheibe von Mitleid und Neugierde. Ruth war unschlüssig, was sie tun sollte. Sollte sie in die Mitte des Kreises vordringen und versuchen, ihre Schwiegermutter zu retten? Oder würde das alles nur noch schlimmer machen? Alle redeten sie gleichzeitig mit Noomi, aber Ruth drehten sie den Rücken zu. Sie schienen sie kaum bemerkt zu haben, bis auf ein paar, die ihr einen finsteren Blick zugeworfen hatten.

»Wo ist denn dein Mann, Elimelech?« – »So ein großer, stattlicher Mann.« – »Und deine Söhne – wo sind die?« – »Du hast sie doch nicht in Moab gelassen?« – »Ja, wo sind Machlon und Kiljon?«

Neugierige, spitze Fragen, die Noomis Elend nur noch schlimmer machten. Ruth war nicht überrascht, dass die Frauen kaum Notiz von ihr nahmen. Noomi hatte sie vorgewarnt, dass sie in Bethlehem nicht willkommen sein würde. »Meine Landsleute werden sehen, dass du eine Fremde bist, und eine Moabiterin noch dazu.« Alles an Ruth posaunte ihre Herkunft aus. Ihre Kleidung war anders als die der Hebräerinnen, ihre Haut dunkler. Für neue Kleidung hatte sie kein Geld, und aus ihrer Haut konnte sie sowieso nicht. Es würde seine Zeit brauchen, bis diese Leute sie annahmen.

»Erwarte nicht, dass dich jemand einlädt«, hatte Noomi ihr gesagt. Ein Hebräer, der einen Fremden zu sich einlud, beschmutzte sein Haus.

Noomi erklärte den Frauen, dass Elimelech, Kiljon und Machlon tot waren. Sie lockerten ihren Kreis, schmerzliche Ausrufe ausstoßend. Sie schienen auf einmal unsicher. Hatten sie Angst, dass Noomi sie mit ihrem Elend anstecken würde, wenn sie ihr ihre Hilfe anboten? Ruth nahm die Gelegenheit wahr und schob sich durch die Frauen nach vorne, bis sie so nahe bei Noomi war, dass die anderen sie sahen.

»Nennt mich nicht Noomi«, rief Noomi aus. »Nennt mich Mara, denn der Allmächtige hat mir das Leben bitter gemacht!« Sie begann laut zu weinen. »Voll bin ich ausgezogen, und leer hat der Herr mich wieder heimgebracht! Was nennt ihr mich Noomi, wenn der Herr mir solches Leid angetan und der Allmächtige mich so betrübt hat?«

Die Trostworte, die die Frauen sagten, klangen merkwürdig dünn. Waren sie zu lange von ihr getrennt gewesen, um ihre Trauer zu verstehen? Sie standen da und sahen einander an. Die Runde wurde still.

Ruth schob sich noch näher. Jetzt sah Noomi sie, und ihr Gesicht hellte sich erleichtert auf. »Ruth, o Ruth, meine Tochter, komm hierher zu mir!«

Die Frauen wichen vor Ruth zurück, als hätten sie Angst, von ihr berührt zu werden. Vorbei die Nichtbeachtung; aller Augen starrten sie an, mit offener Verachtung. Ruth merkte, wie sie rot wurde. Hatten die Moabiterinnen Noomi genauso angestarrt, als sie nach Kir-Hareset kam?

»Dies ist meine Schwiegertochter, Machlons Witwe. Ruth.« Noomi nahm ihre Hand, und Ruth spürte, wie sie zitterte dabei. War dies der Augenblick, vor dem ihre Schwiegermutter am meisten Angst gehabt hatte – dass sie ihre Schwiegertochter ihren alten Freundinnen vorstellte? Schämte Noomi sich ihrer? War sie nicht das Beweisstück dafür, dass mindestens einer der Söhne Noomis sich von dem wahren Gott abgewandt und eine fremde Frau genommen hatte?

»Sie ist eine Moabiterin.« Die Worte klangen wie ein Fluch.

»Ja, von Geburt«, sagte Noomi.

»Will sie hier bleiben?« Noch nie hatte Ruth sich so unwillkommen gefühlt.

Noomis Kinn ging nach oben, ihre Hand drückte

sich fester um die Ruths. »Ja, sie wird bleiben. Sie wird bei mir wohnen.«

»Weißt du, was du da machst, Noomi?«

»Ohne Ruth wäre ich nicht mehr am Leben.«

»Du bist jetzt wieder unter deinem eigenen Volk, Noomi. Schick diese Fremde zurück, wo sie hingehört; du weißt doch, was das Gesetz sagt.«

Noomi drehte sich steif zur Seite. »Als wir aus Ägypten auszogen, sind Ägypter mit uns gezogen.«

»Ja, und sie haben uns nichts als Ärger gebracht!« – »Fremde Frauen sind von Gott verflucht!« – »Sie wenden die Herzen unserer Männer vom Herrn ab!«

»Genug!« rief Noomi. »Sollte ich das abhauen, was Gott eingepfropft hat? Ruth ist aus freien Stücken mit mir gekommen. Sie hat ihre Eltern und Geschwister und alles, was sie hatte, verlassen, um hierher nach Bethlehem zu kommen und zusammen mit mir Gott anzubeten.«

Ein Augenblick Stille. Aber Ruth spürte: Bloße Worte würden diese Frauen nicht davon überzeugen, dass sie wirklich Noomi und den Gott Israels gewählt und ihre Eltern und die Götzen ihres Volkes verlassen hatte, sondern sie müsste dies mit einem vorbildlichen Leben beweisen. Und das würde Zeit brauchen.

»Du bist gerade rechtzeitig zum Passa zurückgekommen, Noomi. Es ist schön, dass du wieder da bist.«

Die Frauen gingen, eine nach der anderen, bis Ruth und Noomi allein am Brunnen standen.

Ruth weinte leise. »Ich habe Schande über dich gebracht. Ich habe deine Heimkehr noch schwerer gemacht.«

»Nein«, sagte Noomi müde. »Sie erinnern sich daran, wie ich früher war. Meinem Mann ging es gut, ich freute mich meines Lebens. Ich konnte mit ihnen lachen und singen. Und jetzt bin ich im Elend, und sie haben Angst. Sie denken: Was Noomi passieren kann, kann uns vielleicht auch passieren. Es ist kein schöner Gedanke.«

»Du wirst wieder mit ihnen lachen und singen, Mutter.«

Noomi schüttelte den Kopf. »Ich hatte ja gar nicht erwartet, eine bekannte Seele anzutreffen«, sagte sie leise. »Aber das hier ...« Sie starrte vor ihre Füße. »Keine hat mir auch nur einen Bissen Brot oder einen Schluck Wein mit Wasser angeboten.«

»Wegen mir.«

»Nein, nicht nur wegen dir. Ich habe zwanzig Jahre in Moab gelebt. Ich habe unter Götzendienern gewohnt und mein Haus den fremden Frauen geöffnet, die meine Söhne geheiratet haben. In den Augen der Hebräer bin ich gerade so beschmutzt wie du. Vielleicht sogar noch mehr, weil ich es doch besser hätte wissen müssen.« Noomis Augen wurden nass. »O Kind, du bist jetzt alles, was ich habe. Du bist mein Segen Gottes. Sie werden uns nicht in ihre Häuser einladen, Ruth. So ist das nun mal. Wir werden es alleine schaffen müssen.« Die Tränen liefen ihr über die Wangen. »Und morgen ist das Passafest. Das hatte ich ganz vergessen. Wie konnte ich einen so wichtigen Tag vergessen? Das größte Fest meines Volkes, und ich ...«

Ruth nahm sie in die Arme, drückte sie an sich, strich ihr über den Rücken, wie einem Kind, das sich wehgetan hat. Aus dem Augenwinkel heraus sah sie, wie mehrere Frauen sie aus ihren Türen beobachteten. Als Noomi sich etwas beruhigt hatte, hielt Ruth weiter ihren Arm um sie. »Wir werden uns eine Bleibe suchen, Mutter. Wenn wir erst einmal richtig ausgeschlafen haben, sieht alles schon ganz anders aus.«

Ruth zog eine Münze aus dem kleinen Beutel, den sie tief in ihrem Bündel versteckt hatte, aber als sie sie einem Gastwirt am Rande der Stadt anbot, schüttelte er den Kopf. »Wir haben keinen Raum für euch.«

Als Ruth sich umdrehte, sah sie, wie elend und bedrückt Noomi aussah. Sie war wahrlich »Mara« geworden; noch nie hatte sie so bitter ausgesehen. »Wir suchen weiter«, sagte Ruth. »Wir finden schon noch etwas.«

Aber auch die nächste Herberge wollte sie nicht, und als der Morgen zum Mittag hinging, dämmerte es Ruth, dass niemand in Bethlehem sie haben wollte. Sie versuchte, fröhlich zu klingen. »Dann schlafen wir halt wieder unter den Sternen, das kennen wir ja jetzt.«

»Nicht weit von hier liegt das Land, das meinem Mann gehörte«, sagte Noomi, als sie aus der Stadt hinausgingen. »Dort in der Nähe gibt es Höhlen. Im Winter benutzen sie die Hirten als Ställe für ihre

Schafe, aber jetzt werden sie weg sein. Nach der Ernte lassen die Feldbesitzer die Tiere auf den abgeernteten Feldern grasen.«

Die größeren Höhlen waren besetzt, von Familienmitgliedern der Hirten. Eine Höhle ganz leer lassen war eine offene Einladung an die Armen, sich dort häuslich niederzulassen. Aber nicht weit entfernt war eine Höhle, die unbewohnt war. Sie war zu klein, um als Schafstall dienen zu können, aber mehr als groß genug, um zwei müden, einsamen Frauen Schutz vor den Elementen zu bieten. Noomi trat hinein und sah sich um, während Ruth die Bettmatte und ihre paar Habseligkeiten auspackte.

Die Reise war vorbei, aber Ruth sah deutlich, dass der Schmerz und die Traurigkeit ihrer Schwiegermutter jetzt noch tiefer und heftiger waren als auf der anstrengenden Wanderung. Jahrelang hatte Noomi davon geträumt, wieder nach Hause zu kommen – und jetzt war sie in einer Höhle, die noch nicht einmal die Hirten wollten, und hatte nichts als die Kleider auf dem Leib und das, was zum Überleben am allernötigsten war – den tragbaren Herd, eine Decke, Wasser. Draußen wurde es dunkler. Es würde kalt werden. Sie hatten kaum noch zu essen und keinen Menschen, der sich ihrer erbarmte.

Noomi ging in den hinteren Teil der Höhle, wo sie sich mit dem Rücken gegen einen Stein setzte und in den Schatten hineinstarrte. Ihr Gesicht war voller Verzweiflung. Dachte sie daran, wie alles gewesen war, bevor ihr Mann mit ihr und den Söhnen die

Stadt verlassen hatte? Mischten sich Scham und Schuld in ihre Trauer?

»Voll bin ich ausgezogen, und leer hat der Herr mich wieder heimgebracht!«, hatte sie an dem Brunnen gesagt.

Ruth sah auf die Felder hinaus und fragte sich, wie es wohl gewesen war, als Machlon ein kleiner Junge war. Der arme Machlon. Er war so jung gewesen, als er starb; alle seine Hoffnungen und Träume waren mit ihm gestorben. Und kein Sohn war da, der seinen Namen weitertragen konnte. Aber fort mit diesen Selbstmitleidsgedanken! Sie würden sie nur schwächer machen, und Noomi brauchte sie mehr denn je. Es war ja so gut, wenn man gebraucht wurde ...

Sie sog die Luft ein. »Es ist Frühling, Mutter. Riechst du auch die Blumen?«

»Wir haben nichts, um das Passa zu feiern«, murmelte Noomi.

»Ich gehe in die Stadt und kaufe es.«

»Womit denn? Willst du betteln? Willst du dich prostituieren? Sie werden dir nichts geben. Du hast doch gesehen, wie sie dich angeschaut haben. Wie sie sich benommen haben.«

»Wir haben noch ein paar Münzen.«

Noomi funkelte sie aus nassen Augen an. »Und was machen wir, wenn die alle sind?«

»Der Herr wird uns helfen.«

»Der Herr hat uns vergessen!« Noomis Blick wanderte durch die Höhle. »Er hat mich vergessen!«

Sie zog ihr Tuch über ihr Gesicht und weinte bitterlich.

Ruth presste ihre Lippen zusammen. Nur nicht auch losweinen. Sie musste sanft, aber fest sein. »Wir sind zu Hause, Mutter. Wir sind wieder unter deinem Volk. Gott *wird* uns helfen. Er hat uns geholfen, hierher zu kommen, und er wird uns hier erhalten.« Sie legte ihre Hand auf Noomis Knie. »Du hast gesagt, dass wir auf Gott vertrauen müssen, und das werden wir jetzt tun. Du hast gesagt, dass wir ihn von ganzem Herzen, von ganzer Seele und mit all unserer Kraft lieben sollen, und das werden wir machen.« Ihre Stimme brach leicht. »Und jetzt sage mir: Was brauchen wir für das Passa?«

Noomi ließ ihr Tuch sinken. »Ich weiß es schon gar nicht mehr, Ruth. Nach den ersten paar Jahren in Moab hat Elimelech die Tage des Herrn nicht mehr begangen. Und alleine konnte ich es nicht.«

Ruth setzte sich neben sie und streichelte ihre Hand. »Du wirst dich schon wieder daran erinnern. Erzähle mir einfach, wie es war, als du ein kleines Mädchen warst.«

Noomi begann zu erzählen. Sie wurde ruhiger, und die Erinnerungen kamen. »Wir brauchen eine Lammkeule, bittere Kräuter, eine Zwiebel, eine Kerze und Korn. Am Tag danach beginnt das Fest der Ungesäuerten Brote. Wir werden alles brauchen ...«

»Wir haben genug.«

»Und was machen wir, wenn das aufgebraucht ist?«

»Wir leben nur diesen einen Tag. Für den nächsten wird Gott schon sorgen.«

Noomi schüttelte aufweinend ihren Kopf. »Wo hast du diesen Glauben gelernt?«

Ruth lächelte. »Wo schon? Bei dir.«

Ruth ging in die Stadt, kaufte mit den paar Münzen, die sie noch hatte – die Münzen, die ihr Kopfschmuck auf ihrer Hochzeit gewesen waren – das, was sie brauchten, und kam zurück. An dem Brunnen füllte sie ihren Wasserschlauch.

Wasser gab es umsonst.

***

Am Tag nach dem Passafest gab Ruth Noomi den Rest von dem gedörrten Korn. »Ich gehe eben nach Bethlehem, neue Vorräte kaufen.«

»Womit denn? Wir haben nichts mehr.«

»Doch, das hier.« Sie zog zwei dünne goldene Armreife ab.

»Ruth, nein! Die hat dir doch Machlon geschenkt!«

»Ja, und ich werde ihn nicht vergessen, so lange ich lebe.« Sie küsste Noomis bleiche Wange. »Aber hätte dein Sohn gewollt, dass wir hungern müssen? Ruh dich aus, ich bin bald wieder zurück.«

Den ganzen Tag kam Ruth nicht zur Ruhe. Wie sollte sie für ihre Schwiegermutter sorgen, wenn das Geld alle war und sie nichts mehr verkaufen konnte? Sie betete ununterbrochen, als sie über den Markt ging. *Herr, ich weiß nicht, was ich machen soll. Hilf mir, für Noomi zu sorgen.* Sie feilschte mit vier Händlern, bevor sie den Preis bekam, den sie für die Ringe wollte. Dann feilschte sie noch hartnäckiger um den niedrigsten Preis für Datteln, einen Krug Olivenöl, ein Efa Dörrgetreide und eine zweite Decke für Noomi, die die ganze Nacht gefroren hatte. Am Ende hatte sie ihr ganzes kleines Kapital aufgebraucht.

Sie wusste, dass andere Frauen in ihrer Lage in die Prostitution gegangen waren, aber lieber wollte sie sterben, als solche Schande über sich und Noomi bringen. Würde ihnen am Ende nichts anderes übrig bleiben, als jeden Tag am Stadttor zu sitzen und zu betteln? Sie war doch jung und gesund. Sollte sie sich vielleicht als Sklavin verkaufen und das Geld Noomi geben? Aber was wäre, wenn die zwanzig Schekel aufgebraucht waren? Nein, es musste einen anderen Weg geben.

Gott, was muss ich tun? Ich bin bereit, alles zu tun, was nach deinem Gesetz ist, für deine Dienerin Noomi. Aber wir haben nur noch Vorräte für ein paar Tage. Zeige mir, wie ich für meine Schwiegermutter sorgen kann, ohne noch mehr Schande über sie zu bringen.

Als Ruth am Brunnen anhielt, um den Wasserschlauch neu zu füllen, sah sie, wie mehrere der Frauen die Türen ihrer Häuser mit Laub schmückten. Sie warfen verstohlene Blicke in ihre Richtung, aber keine grüßte sie. Ruth schob den vollen

Schlauch auf ihre Schulter und ging zurück zu der Höhle.

»Die Frauen waren dabei, Laubgirlanden aufzuhängen«, sagte sie Noomi.

»Ja, sie bereiten das Fest der Erstlingsfrucht vor.«

»Gibt es in deinem Volk viele Feste?« Ruth fragte sich, woher sie das Geld für diese Feste bekommen sollte. *O Herr, was soll ich machen? Ich bin schon jetzt am Ende.*

»Setz dich ein Weilchen zu mir, dann erzähle ich dir von den Festen des Herrn«, sagte Noomi.

Ruth setzte sich in den Eingang der kleinen Höhle, wo sie vor der Sonne geschützt war.

»Wir sind gerade rechtzeitig zu vier Festen des Herrn nach Bethlehem gekommen«, begann Noomi. »Insgesamt gibt es jedes Jahr sieben. Das Passa haben wir bereits gefeiert und beginnen jetzt die sechs Tage des Festes der ungesäuerten Brote. Das erste Korn, das geerntet wird, ist die Gerste, und diese Ernte steht jetzt kurz bevor, so dass die Frauen das dritte Fest, das Fest der Erstlingsfrüchte, vorbereiten. Mehrere ausgewählte Männer werden Gerstengarben für die Prozession schneiden. Die Garben bringen sie zu dem Priester, der sie dann dem Herrn darbringt. Fünfzig Tage danach feiern wir das vierte Fest, das Wochenfest, wenn die Weizenernte beginnt. Dazu backen wir zwei Brote aus feinem Weizenmehl und Sauerteig, die wieder vom Priester dem Herrn dargebracht werden.«

Weizen war teuer. Ruth sah zur Seite, damit ihre

Schwiegermutter ihr besorgtes Gesicht nicht sah. Noomi durfte nicht wissen, wie knapp ihre Finanzen waren, es würde sie nur noch mehr bedrücken.

»Danach gibt es noch drei weitere Feste des Herrn«, fuhr Noomi fort. »Das Posaunenfest, den Großen Versöhnungstag und das Laubhüttenfest.«

Ruth versuchte, alles aufzunehmen, was Noomi ihr da sagte, aber ihr Kopf schwirrte. Hundert Einzelheiten, tausend Sorgen. Nun ja, in fünfzig Tagen würden sie und Noomi sich keine Sorgen mehr über das Feiern zu machen brauchen, denn bis dahin hätte der Hunger sie eingeholt. Sie hatte nichts mehr, was sie verkaufen konnte, keinerlei Möglichkeit, zu arbeiten oder sonstwie an Geld zu kommen. Sie würden keinen Weizen haben, um Brote für Gott zu backen, sie würden selber kein Brot mehr zu essen haben.

»Das Gesetz regelt unser ganzes Leben«, sagte Noomi. »Und wenn wir von ihm abfallen, straft uns der Herr. Wie er mich gestraft hat.«

Ruth hatte Lust, ihr Gesicht zu verhüllen und zu weinen. Sie beherrschte sich und schaute stumm nach draußen. *O Herr, Herr ...* Sie wusste noch nicht einmal, wie sie beten sollte. Gab es vielleicht bestimmte Worte, Opfer, Waschungen, irgendetwas, das helfen würde, dass ihr Gebet erhört würde? *O Gott, erbarme dich! Ich will dir doch dienen. Und dieser Frau, die ich liebe und die dich so sehr liebt. Hilf mir, bitte. Zeige mir, was ich tun soll.*

Noomi streckte ihre Hand aus. »Siehst du dieses brache Feld dort? Früher stand es voll Weizen. Als

Elimelech es noch pflügte. Ich weiß noch, wie der Wind über die Halme wehte, dass es wie goldene Wellen aussah. Wir hatten so viel, das Leben war so gut zu uns. Damals hat Elimelech die Ährenleser gerne gewähren lassen. Erst später hat er sie abgewiesen und jeden Halm selber aufgehoben, bis zur äußersten Grenze seines Feldes.« Noomi runzelte die Stirn. »Vielleicht ist deshalb ...«

»Ährenleser?« Ruth beugte sich nach vorne.

Noomi lehnte sich an die Wand. »Der Herr hat uns geboten, dass niemand sein Feld bis zu den letzten Ecken abernten soll. Das Korn, das am Rand wächst, ist für die Armen, sie dürfen es lesen.« Sie schaute wieder auf das Feld hinaus, gedankenverloren. »Wenn alles so geschieht, wie der Herr es befiehlt, braucht keiner zu hungern.«

Ruth schloss in plötzlicher Erleichterung die Augen und neigte ihren Kopf. *O Jahwe, du bist wahrlich ein Gott der Barmherzigkeit.* Tränen der Dankbarkeit wollten ihr die Kehle verschließen. Erst in diesem Augenblick, wo sie einen Hoffnungsschimmer sah, merkte sie, was für eine Angst vor der Zukunft sie gehabt hatte. Gott hatte sie doch nicht verlassen! Fast musste sie lachen über ihre Dummheit. Aber sie war in einer Stadt aufgewachsen und wusste nichts über die Sitten der Bauern. Und sie war im Schatten des Kemosch groß geworden, eines falschen Gottes, der nur nahm und nie gab. Und hier war auf einmal der wahre Gott, der sein Volk liebte und selbst für die

Ärmsten der Armen sorgte, für die, deren Herz und Geist zerbrochen war.

Was bist du doch für ein gnädiger Gott und Erlöser! Ich hatte ja ganz vergessen, wie du uns beschützt hast, jeden Schritt unseres Weges von Kir-Hareset über die Berge bis nach Bethlehem. Vergib mir, Herr; vergib deiner dummen Magd. Wie konnte ich glauben, dass du uns so weit gebracht hast, nur um uns verhungern zu lassen?

Sie hob lächelnd ihren Kopf und atmete tief ein, ihr Herz voll von Dankbarkeit und einem merkwürdigen Gefühl seliger Freiheit.

***

Und die Frauen tuschelten:

»Die arme Noomi. Wisst ihr noch, wie sie immer lachte und so zuversichtlich war?«

»*Zu* zuversichtlich, wenn du mich fragst.«

»Elimelech war nicht der einzige Mann, der sie heiraten wollte.«

»Wisst ihr noch, wie schön er war?«

»Noomi ist nur ein Jahr jünger als ich, aber wie alt sieht sie aus!«

»Und dünn.«

»Das ist die Trauer. Der Mann und zwei Söhne tot ...«

»Das ist bestimmt eine Strafe Gottes.«

»Alles, was sie mitgebracht hat, ist dieses Mädchen.«

»Es sieht so ausländisch aus.«

»Die Augen sind zu dunkel.«

»Wisst ihr, was ich über die moabitischen Frauen gehört habe?«

»Nein, erzähl's uns!« Sie steckten die Köpfe zusammen, flüsterten, japsten auf, schüttelten die Köpfe.

»Noomi sollte sie zurück nach Moab schicken, wo sie hingehört. So welche wie sie können wir hier nicht brauchen.«

»Da hast du wohl Recht, aber wer von uns soll Noomi aufnehmen?«

»Also, ich kann's nicht!«

»Ich habe Mühe, meine eigene Familie über die Runden zu bringen.«

»Ich habe keinen Platz.«

»Was soll dann aus ihr werden?«

»Gott wird schon für sie sorgen.«

***

Am Morgen nach dem Fest der Erstlingsfrüchte stand Ruth auf und bat Noomi um die Erlaubnis, auf die Felder zu gehen und die übriggelassenen Ähren aufzusammeln.

»Sie werden dich nicht alle willkommen heißen, Ruth.« Noomis Blick war besorgt.

»Aber du hast doch gesagt, das Gesetz ...«

»Nicht jeder hier hält sich an das Gesetz. Mein eigener Mann und meine Söhne ...«

»Ich muss das machen, Mutter. Es ist die einzige Möglichkeit.«

»Aber ich habe Angst um dich. Auf den Feldern gibt es Männer, die dich womöglich ausnutzen wollen. Eine junge Moabiterin ist Freiwild für sie.«

»Dann gehe ich eben zu den Frauen.«

»Die sind nicht viel besser. Was soll ich nur machen, wenn dir etwas passiert?«

Ruth umarmte und küsste sie. »Ich werde den Herrn bitten, mich zu beschützen und wie ein Schild um mich zu sein.« Sie lächelte in Noomis verängstigte Augen hinein. »Vielleicht führt Gott mich zu dem Feld eines barmherzigen Mannes, der mir erlaubt, hinter den Erntearbeitern herzugehen und die übriggelassenen Ähren zu lesen. Bete auch du darum.«

»Pass auf dich auf.«

»Das werde ich tun. Keine Angst, Mutter, ich schaffe das schon.«

»Also gut, meine Tochter, geh«, seufzte Noomi.

Ruth ging los, die Straße entlang. Da war schon das erste Feld, auf dem Frauen bei der Ernte waren. Sie war nur ein paar Minuten dort gewesen, als eine von ihnen einen Stein nach ihr warf. Sie schrie auf, an der Wange getroffen, und stolperte hastig zurück auf die Straße. Die Frau schrie hinter ihr her: »Hau ab, du moabitische Hure! Geh zurück dahin, wo du herkommst!« Ruth stillte das Blut, das von ihrer Wange tropfte, und ging weiter.

Auf dem nächsten Feld erging es ihr nicht besser.

»Moabiterhure! Geh zurück nach Hause und lass uns in Ruhe!« – »Und unsere Männer auch!«

Auf dem nächsten Feld waren Männer. Sie feixten und pfiffen, als sie sie sahen. »Komm her, hübsche Dame!«, rief einer der Aufseher sie an. »Ich kann 'ne Pause im Heu gebrauchen!« Die anderen lachten.

Ruth rannte zurück auf die Straße, ihr Gesicht hochrot. Die Arbeiter johlten hinter ihr her, einige riefen Moabiterwitze.

Sie ging weiter, vorbei an Weizenfeldern, die noch nicht reif zur Ernte waren. Dann kam sie zu einem anderen Gerstenfeld, auf dem mehrere Männer mit Sicheln bei der Arbeit waren. Hinter ihnen waren Frauen dabei, die Gerste aufzuheben und zu Garben zu binden. Ährenleser waren keine zu sehen. Duldete der Besitzer des Feldes sie nicht? Oder lag es nur daran, dass dieses Feld so weit von der Stadt lag? Ruth sah sich vorsichtig um. Nein, ein Unmensch konnte der Besitzer eigentlich nicht sein, er hatte eine Hütte gebaut, wo die Arbeiter sich ausruhen konnten. Und einige der Männer und Frauen sangen bei der Arbeit.

Ruth schluckte ihre Angst hinunter und trat zu dem Aufseher, der bei der Hütte stand. Er war ein hochgewachsener, kräftiger, ernst aussehender Mann. Ruth faltete ihre Hände und verneigte sich, den Blick nach unten gerichtet. »Seid gegrüßt, Herr.«

»Was willst du, Frau?«

Sie richtete sich auf. Ihr Herz hämmerte. Sie sah, wie er sie finster musterte. Würde er sie auch abweisen, weil sie eine Fremde war? »Ich ... ich möchte Euch um Erlaubnis bitten, die Halme auflesen zu dürfen, die die Erntearbeiter liegen gelassen haben.« Wenn nötig, müsste sie halt betteln gehen.

Der Mann musterte sie weiter, die Stirn in nachdenklichen Falten. Dann nickte er und zeigte zum Rand des Feldes hin. »Du wirst mehr Korn sammeln, wenn du dich an den Rand und an die Ecken hältst.«

Plötzliche Erleichterung. Ruth atmete heftig aus und lächelte. »Danke, Herr!« Sie verneigte sich abermals. »Danke!« Er sah sie überrascht an, dass sie errötete und schnell wieder ihren Kopf senkte.

»Halte Abstand zu den anderen«, sagte er, als sie ging.

»Ja, Herr.« Sie verneigte sich ein drittes Mal. »Und vielen Dank für Eure Freundlichkeit.« Sie spürte seinen fragenden Blick in ihrem Rücken. Sie rannte zu der hintersten Ecke des Feldes. Die anderen sahen es. Eine der Frauen schaute kurz zu ihr hin. Sie lächelte. Niemand rief ihr Beleidigungen zu oder warf mit Steinen. Sie arbeiteten ruhig weiter und begannen wieder zu singen.

Erleichtert und dankbar machte Ruth sich an die Arbeit. Da sie keinerlei Erntegeräte hatte, musste sie die Gerstenähren mit den bloßen Händen abbrechen. Schon bald waren ihre Finger voller Blasen. Eine Stunde nach der anderen arbeitete sie unter der heißen Sonne. Als ihr von der Hitze schwindlig wurde, setzte sie sich in der Nähe des Grenzsteins in den

Schatten eines Baumes und ruhte sich etwas aus, bis sie wieder Kraft hatte. *Ich werde wie die Ameise sein, die sich im Frühling und Sommer Vorräte anlegt, damit sie den ganzen Winter zu essen hat*, dachte sie. Jede Stunde zählte, und sie warf sich mit aller Kraft in die Arbeit, dankbar, dass sie arbeiten durfte.

Die Lieder der Erntearbeiter hoben ihr Herz. »Die Erde ist des Herrn ... der Himmel und Erde gemacht hat ... Herrscher über alles .... der uns vor Pharao errettet hat ... Heilig ist dein Name ...«

Ruth merkte, wie sie unwillkürlich mitsummte. Und als sie den Text gelernt hatte, sang sie laut mit.

***

Alle seine Gerstenfelder hatte Boas inspiziert, nur dieses noch nicht. Er ritt auf seinem Pferd die Straße entlang, die Hände grüßend erhoben, wenn er einen Arbeiter oder Aufseher sah, den er kannte. Manche der Ältesten, die im Stadttor saßen, schüttelten den Kopf über Boas und fragten sich, warum um alles in der Welt er so viel Zeit draußen auf seinen Feldern verbringen musste. Seine Aufseher waren lauter verlässliche Leute; warum überließ er die Arbeit nicht ihnen und setzte sich zu den anderen seines Standes ins Tor? Unbegreiflich, wie dieser Mann darauf bestand, bei der Ernte dabei zu sein und nicht nur zu den Feierlichkeiten am Ende zu kommen.

Schon als Junge hatte er auf den Feldern seines Vaters gearbeitet – damals, als es vierfache Ernten gab.

Und als junger Mann, als die Hungersnot war. Es musste wohl an Gottes Gnade liegen, dass es ihm gut ging, als viele andere kaum ihr Auskommen fanden. Viele hatten ihr Land verkauft und ihr Glück in der Fremde gesucht. Sie hatten sich geweigert, zu Gott umzukehren, und hartnäckig und stolz weiter den Baalim und Aschtarot gedient.

Wie Elimelech. Boas hatte versucht, mit ihm zu reden, aber der Mann hatte sich noch nie etwas sagen lassen, selbst von einem engen Verwandten nicht. »Was habe ich vom Verheißenen Land, wenn es mir kein Korn gibt?« Dass Gott sich von seinem Volk abgewandt hatte, weil es ihm untreu geworden war – es schien nicht hinein zu wollen in Elimelechs Kopf. »Höre auf, den Baalim zu dienen, und bleibe hier«, hatte Boas gesagt. »Denk doch daran, was für deine Söhne das Beste ist. Bearbeite dein Land. Der Herr wird dich wieder segnen, wenn du treu bist.«

»Treu? Ich opfere ihm doch.«

»Was Gott sucht, ist ein bußfertiges Herz.«

»Warum sollte ich bußfertig sein, wenn ich alles gemacht habe, was vorgeschrieben ist? Und was habe ich denn davon gehabt? Willst du mir etwa sagen, Boas, dass du ein besserer Jude bist als ich? Du hast besseres Land, das ist alles.«

Elimelech hatte noch nie seine Segnungen sehen können.

Boas hatte keine Lust, an die Vergangenheit zu denken, aber immer wieder war sie da, meldete sich, weckte Gefühle auf, die er für längst vergessen und unter harter Arbeit begraben gehalten hatte. Sie waren zäh wie das Unkraut, das aus den Steinritzen wuchs. Was brachte es, die harten Worte wiederzukäuen, die man vor zwanzig Jahren gewechselt hatte? Was half es, zum hundertsten Male den Schmerz und die Hilflosigkeit von damals zu verspüren, als der andere sich nicht helfen lassen wollte? Elimelech hatte nicht gesehen, nicht sehen wollen, wie reich Gott ihn gesegnet hatte, selbst in den Jahren der Hungersnot. Reicher Segen, aber blinde Augen. Boas hatte sich die Zunge halb lahm geredet – und was hatte es ihm gebracht? Einen verbitterten Vetter, der nichts mehr von ihm wissen wollte. Sie stand so frisch vor ihm, als sei sie erst an diesem Morgen geschehen, die Szene, als er im Stadttor stand und zuschaute, wie Elimelech Noomi und ihre beiden Söhne aus Bethlehem wegführte.

Ah, Noomi. Die strahlende, lebendige Noomi ...

Er hatte geweint an jenem Tag. Und niemandem gesagt, was sein großer Kummer war.

Seitdem hatte Gott den Segen des Himmels über ihn ausgeschüttet – so viel, dass er wie von alleine überfloss in die Hände anderer, die ihn brauchten. Die langen Jahre waren von Dank und Sinn erfüllt gewesen, wenn auch nicht von der Freude, nach der Boas sich gesehnt hatte. Er hatte immer mehr, als er brauchte, und er wusste, dass er Gott dafür zu danken hatte. Und so pries er seinen Namen, auch wenn er ihm das eine, um das er ihn so sehnlichst gebeten hatte, nicht geschenkt hatte. Gott war allmächtig, und es stand einem Menschen nicht an, mit ihm zu hadern wegen der Dinge, die er nicht bekam. Boas war es zufrieden, das anzunehmen, was Gott ihm gab, und ihm dafür zu danken.

Er bog um die Ecke und sah das reife Feld vor sich liegen. Er lächelte, als er die Arbeiter singen hörte; er schätzte es, wenn seine Knechte gerne arbeiteten und nicht nur eine lästige Pflicht taten, um ihr Brot zu verdienen. Das Leben konnte großzügig sein, und er tat, was er konnte, um denen, die für ihn arbeiteten, ein solches Leben zu bieten. Essen und Trinken und mit seinen Händen arbeiten – es war alles eine Gabe Gottes.

In der hintersten Ecke des Feldes war eine junge Frau, die er noch nie gesehen hatte. Ihr Kleid sah anders aus als das der Hebräerinnen; sie musste moabitisch sein. Die meisten Ährenleser blieben in der Nähe der Stadt; warum war diese so weit hinausgelaufen? Boas stieg ab und band sein Pferd in der Nähe der Hütte an. »Guten Tag, Schamasch. Die Arbeit geht gut, wie ich sehe.«

»Sehr gut, Boas. Die Ernte ist noch besser als letztes Jahr.«

»Wer ist das Mädchen dort drüben?«

»Die junge Frau aus Moab, die mit Noomi zurückgekommen ist. Heute Morgen fragte sie mich, ob sie hinter den Arbeitern Ähren lesen darf. Seitdem hat sie gearbeitet, nur ein paar Minuten hat sie sich in der Hütte ausgeruht.«

Noomis Schwiegertochter! Er hatte schon bald

nach der Ankunft der beiden Frauen von ihr gehört. Die junge Moabiterin war das Gesprächsthema Nr. 1 in der Stadt.

»Sie ist einen weiten Weg gegangen, um Ähren zu lesen.«

»Sie sah so aus, als ob es ihr in einem anderen Feld nicht so gut ergangen ist.«

»Dann ist es ja gut, dass sie hierher gekommen ist.« Boas legte seine Hand auf Schamaschs Arm und lächelte. »Rede mit den jungen Männern, dass sie sie in Ruhe lassen.«

Er ging in das Feld, um seine Knechte zu grüßen. »Der Herr sei mit euch!«

»Und mit dir!«, antworteten sie.

Als er zu der jungen Frau am Rand des Feldes kam, unterbrach sie ihre Arbeit und neigte respektvoll ihren Kopf. Sie sah ihm nicht in die Augen, sondern begrüßte ihn so wie ein Sklave seinen Herrn. Boas sah, wie die Gerstenstängel in ihrer Hand zitterten, und sein Herz wurde weich. »Höre zu, meine Tochter«, sagte er leise. »Bleibe zum Ährenlesen hier bei uns. Geh nicht auf die anderen Felder. Bleibe immer hinter den Frauen, die in meinem Feld arbeiten. Ich habe die jungen Männer angewiesen, dich in Ruhe zu lassen. Und wenn du durstig bist, nimm von dem Wasser, das die anderen aus dem Brunnen gezogen haben.«

Sie sah ihn überrascht an. »Danke.« Wie schön ihr Lächeln war.

Er spürte ein merkwürdiges Gefühl in der Brust,

als er in ihre dunklen Augen sah. Nanu, was war das? Einen Augenblick fühlte er sich fast verlegen; er war mehr als doppelt so alt wie diese Moabiterin.

»Warum seid Ihr so gut zu mir?«, fragte sie. Ihr Akzent klang reizvoll. »Ich bin doch nur eine Fremde.«

Und war als solche behandelt worden, denn an ihrer einen Wange war ein blauer Fleck, und die Haut war abgeschürft. »Ja, das weiß ich. Aber ich habe auch von der Liebe gehört, die du deiner Schwiegermutter seit dem Tod ihres Mannes erwiesen hast.« Seine Stimme wurde tiefer und bewegter. »Ich habe gehört, wie du deinen Vater und deine Mutter und dein eigenes Land verlassen hast, um hier unter Fremden zu leben. Möge der Herr, der Gott Israels, unter dessen Flügeln du Zuflucht gesucht hast, dich reich belohnen.« Doch, der Herr hatte denen, die ihm gehörten, große Gnade erwiesen. Wie Noomi. Und jetzt dieser jungen Frau.

Ruths Wangen wurden rot. »Ich hoffe, ich werde Euch auch in Zukunft gefallen«, erwiderte sie. »Eure freundlichen Worte trösten mich, auch wenn ich nicht so würdig bin wie Eure Diener.«

Er fragte, leiser: »Hat jemand dich geschlagen?«

Sie runzelte überrascht die Stirn, dann ging ihre Hand an ihre Wange und sie senkte den Kopf, wie um die Stelle zu verstecken. »Nur ein kleiner Stein. Das ist halt so.«

»In meinem Feld haben solche Dinge nicht zu passieren«, sagte er. Sein Gesicht wurde finsterer.

»Oh, das war nicht hier«, antwortete sie rasch. »Seit ich hier bin, hat mir niemand etwas getan.«

Dass einer seiner Nachbarn sie so behandelt hatte – es wollte Boas die Schamröte ins Gesicht treiben. Aber er wollte nicht, dass die junge Frau seine Absichten falsch deutete. Sie war schön und hatte zweifellos die Aufmerksamkeit viel jüngerer Männer als er erregt. »Bei uns bist du in Sicherheit, Ruth.«

Er ging. Er musste denken, dass Machlon eine ungewöhnlich weise Wahl getroffen hatte, als er dieses Mädchen zur Frau genommen hatte. Nicht alle ausländischen Frauen zogen ihre hebräischen Männer von dem einen wahren Gott weg und in den heidnischen Götzendienst hinein. Manche von ihnen hatte Gott in sein erwähltes Volk eingepflanzt, wegen ihres großen Glaubens.

Seine eigene Mutter, Rahab, war eine solche Frau gewesen. Sie hatte zwei hebräische Kundschafter in ihr Haus auf der Mauer Jerichos aufgenommen. Sie hatte ihnen ohne Wenn und Aber erklärt, dass sie an Jahwe, den Gott der Hebräer, glaubte, und ihr Leben riskiert, um zu diesem Gott und seinem Volk gehören zu können. Einer der beiden Kundschafter war Boas' Vater, Salmon, gewesen. Gott hatte seine Eltern reich gesegnet; ihr ganzes Leben lang hatte ihre Liebe gehalten.

Sicher, Gott hatte sein Volk davor gewarnt, Ehen mit Fremden einzugehen. Nur zu leicht konnte eine heidnische Frau ihren Mann von Gott abbringen. Aber was war denn eine Fremde? Diese junge Moabiterin jedenfalls gehörte zu Gottes Volk. Hatte sie nicht ihr Leben in Moab verlassen, um mit Noomi nach Bethlehem zu gehen? Dieses Mädchen, es war gerade wie seine Mutter, die ein Fels des Glaubens inmitten eines Berges aus losem Schutt gewesen war. Schon mehr als einmal hatte Boas sich gefragt, ob es nicht der Glaube – und nicht das hebräische Blut – war, was einen zu einem Erwählten Gottes machte. Denn war es nicht Gott, der darüber entschied, wer zu ihm gehörte?

Aber vielleicht kamen diese Gedanken auch nur aus der alten Wunde in Boas, vielleicht wollte er mit ihnen nur die Ehepartnerwahl seines Vaters rechtfertigen? Noch nach all den Jahren spürte er den Stich der Ablehnung, als man ihm klar gemacht hatte, dass ein Halbkanaaniter nicht als Schwiegersohn in Frage kam. Es gab sie, die Leute in Gottes Volk, die sich einbildeten, dass die Abstammung von Abraham alles war, was zählte, und dass der Glaube ein bloßes Nebenprodukt des richtigen Blutes war.

Am Rand seines Feldes hielt Boas noch einmal an und schaute zurück zu der Moabiterin, die wieder hinter seinen Erntearbeiterinnen die übrig gebliebenen Halme abbrach und in ihre Arme legte. Ihre Kleidung war die einer jungen Stadtfrau, aber hier war sie also in seinem Feld, arbeitete mitten in der Tageshitze und war auch noch dankbar dafür. Und warum diese Schwerarbeit? Um ihre hebräische Schwiegermutter zu versorgen. Wie viele junge Frauen aus seinem Volk waren bereit, ein Gleiches zu tun für jemanden, der nicht Abrahams Blut in seinen Adern hatte?

Etwas lief durch sein Herz, eine Mischung aus Schmerz und Freude. Wie lange war es her, dass er das letzte Mal diese Sehnsucht gespürt hatte? Er lächelte, halb spöttisch, und wandte sich ab.

Schade, dass diese Ruth so jung war und er so alt.

***

Ruth hörte, wie ein Mann ihren Namen rief. Sie blickte auf und sah Boas. Er stand vor der Hütte und winkte ihr zu. »Komm her und iss mit uns! Du kannst dein Brot in den Wein tauchen, wenn du willst.«

Mit klopfendem Herzen legte sie ihr Ährenbündel vorsichtig hin. Sie staunte, dass ein Mann von Boas' Rang von einer schmutzigen, verschwitzten Fremden Notiz nahm, und dass er sie gar einlud, mit seinen Dienern zu essen, verschlug ihr die Sprache. Bevor sie in die Hütte trat, wusch sie ihre Hände in dem Wasser, das dort stand. Die neugierigen Blicke der anderen machten sie verlegen. Die Männer musterten sie vom Saum ihres Kleides bis zu ihrem Scheitel, während die Frauen untereinander flüsterten.

Bei den Frauen war ein Platz frei. »Darf ich mich hierhin setzen?«, fragte sie.

Das Mädchen, das direkt daneben saß, rutschte zur Seite. »Kann ich Nein sagen, wenn der Herr dich eingeladen hat?«

Ruth wurde rot. Sie setzte sich und merkte, wie das Mädchen noch weiter von ihr wegrutschte. Sie faltete ihre Hände in ihrem Schoß, neigte ihren Kopf und schloss die Augen, während Boas den Segen über die Mahlzeit sprach. Als er fertig war, begannen die anderen sich wieder zu unterhalten. Sie machten keine Anstalten, Ruth in ihr Gespräch einzubeziehen, und sie erwartete dies auch nicht. Mit einiger Überraschung sah sie, wie der Herr selber seine Arbeiter bediente. Als er zu ihr kam, gab er ihr eine doppelte Portion. Sie schaute überrascht zu ihm hoch und sah, wie er stirnrunzelnd ihre Hände betrachtete. Sie zog sie hastig zurück und faltete sie wieder unter dem Tisch. Hatte sie gerade etwas falsch gemacht? Als sie wieder hochsah, schauten die anderen sie nicht an, sondern fuhren mit ihrem Gespräch fort. Sie hörte, wie ihr Magen laut knurrte, und wurde noch verlegener. Boas hatte ihr mehr als genug gegeben, um satt zu werden. Sie legte die Hälfte der doppelten Brotportion in ihr Tuch, für Noomi, dann riss sie das erste Stück von der anderen Hälfte ab und tauchte es in den Wein.

Nach und nach wurde das neugierige Flüstern weniger, und die jungen Frauen sprachen und lachten ungezwungen, wie die jungen Männer auf der anderen Seite des Tisches.

Ruth beobachtete verstohlen Boas, wie er neben seinem Feldaufseher saß. Trotz ihres Standesunterschieds redeten die beiden Männer wie zwei gute Freunde miteinander. Der Aufseher war jung genug, um Boas' Sohn zu sein. Er war stattlich und muskulös, mit dunklem Haar und dunklen Augen. Boas sah hausbacken aus neben ihm. Sein Haar und Bart waren grau meliert, die beiden Locken an seinen Schläfen weiß. Er war nicht die Sorte Mann, die Frauenherzen spontan höher schlagen ließ. Aber so freundlich. Als er seinen Kopf etwas in ihre Richtung drehte und zu ihr hinsah, senkte sie ihre Augen wieder. Es war nicht schicklich, dass sie einen Mann betrachtete, und dann noch einen, der so weit über ihr stand. Als sie zur Seite schaute, merkte sie, wie mehrere der jungen Männer sie anstarrten. Einer grinste. Sie sah rasch wieder weg.

Sie beendete ihr Mahl rasch und ging an ihre Arbeit zurück, in der hintersten Ecke des Feldes, wo sie weder die Mägde stören konnte noch den Blicken der Knechte ausgesetzt war.

***

Bevor die Knechte auf die Felder zurückkehrten, nahm Boas Schamasch beiseite. »Die jungen Männer haben die Moabiterin bemerkt.«

Schamasch lachte leise. »Das tut wohl jeder Mann.«

»Sorge dafür, dass niemand ihr zu nahe tritt.«

Schamaschs Grinsen verflog. »Natürlich.« Er nickte.

Boas legte die Hand auf seinen Arm. »Ich weiß, dass du niemals zulassen würdest, dass ihr etwas zustößt, aber es gibt Leute, sogar unter unseren Knechten, denen es nicht geheuer ist, dass eine Moabiterin unter ihnen ist.«

»Die jungen Frauen, ja.«

Boas zog seine Hand wieder weg. »Und hast du gesehen, wie zerschunden und blutig ihre Finger sind?«

Schamasch schaute in die Richtung, wo Ruth arbeitete. »Sie hat halt nicht die richtigen Werkzeuge.«

»Genau. Wenn ich fort bin, geh zu ihr und sage ihr, dass sie immer hinter den anderen lesen soll. Gib ihr Zeit und Gelegenheit, zu beweisen, was in ihr steckt.«

Als Nächstes rief Boas die jüngeren Männer zu sich. Er sah jeden einzeln an, dann sagte er: »Ihr habt gesehen, dass eine junge Ährenleserin unter uns ist. Sie heißt Ruth und versorgt ihre Schwiegermutter, Noomi, die Witwe unseres Bruders Elimelech. Lasst sie zwischen den Garben lesen und haltet sie nicht ab. Zieht hin und wieder etwas aus den Garben heraus und lasst es für sie liegen. Behandelt sie gut! Was ihr dieser jungen Frau tut, das tut ihr mir.«

Boas entließ die Knechte und bestieg sein Pferd.

»Mach dir keine Sorgen wegen der Moabiterin, Boas«, sagte Schamasch. »Es wird alles so gemacht, wie du es gewünscht hast.«

Boas schaute auf das Feld und die Knechte hinaus, die ihre Arbeit wieder aufgenommen hatten. Er liebte die Menschen, die zu ihm gehörten, und er wollte, dass sie die, denen es nicht so gut ging, respektvoll behandelten. Da hinten arbeitete Ruth. »Vielleicht wird Gott sein Angesicht über sie leuchten lassen und ihr einen jungen Ehemann aus unserem Volk geben.« Er sah zu Schamasch hinunter und lächelte. »Gott sei mit dir, mein Freund.«

Schamasch lächelte zurück. »Und mit dir, mein Herr.«

Boas ritt zurück in die Stadt, den Blick fest auf die Straße geheftet. Er verkniff sich das Vergnügen, sich zu der jungen Moabiterin in seinem Feld umzudrehen. Stattdessen dankte er Gott, dass er ihm diese Gelegenheit gab, ihr zu helfen – und damit einem anderen Menschen, der ihm sehr am Herzen lag.

Die süße, strahlende Noomi. Das Mädchen, um dessen Hand er einst angehalten hatte.

***

Ruth schaute Boas hinterher, wie er fortritt. »Herr, bitte segne diesen Mann, der so freundlich zu mir und meiner Schwiegermutter ist. Gib ihm Freude in seinem Alter.« Sie bückte sich, lächelnd, und arbeitete weiter.

Der Aufseher kam zu ihr. Sie unterbrach ihre Arbeit und neigte respektvoll den Kopf. »Ich habe Anweisungen von Boas für dich«, sagte er. »Du sollst hinter den anderen Knechten lesen, sie werden dir nichts tun.«

Sie schaute zu der Straße hin, auf der Boas verschwunden war. »Ich habe noch nie jemand getroffen, der so freundlich ist.«

»Ja, Leute wie Boas gibt es nicht viel. Gott selber hat dich auf dieses Feld geführt. Möge er weiter über dir wachen.« Er nickte zu den Erntearbeitern hin. »Also, geh zu ihnen.«

Die Frauen sangen bei der Arbeit. »Der Herr ist meine Kraft und mein Lied und mein Heil. Er ist mein Gott, ihn will ich preisen. Er ist der Gott meines Vaters, ich will ihn erhöhen. Der Herr ist ein mächtiger Held, ›Herr‹ ist sein Name ...« Ruth merkte sich die Worte rasch und begann, mitzusingen. Die anderen sahen überrascht auf, einige lächelten. Ein Knecht riss mit einer betonten Geste einzelne Ähren ab und ließ sie für sie fallen. Ruth legte ihre Hände zusammen und nickte dankbar.

Bis zum Abend las sie Ähren auf, dann drosch sie sie. Sie staunte: Sie hatte einen halben Scheffel Korn gesammelt! »Herr«, flüsterte sie, »das ist alles nur deine Güte!« Voller Freude band sie die Zipfel ihres Tuches, in das sie das Getreide gelegt hatte, zusammen, nahm ihre Last auf die Schulter und ging zurück nach Bethlehem und zu der Höhle, wo Noomi auf sie wartete.

***

Und die Männer sagten ...

»Das ist das erste Mal, dass Boas sich so für eine Ährenleserin interessiert.«

»Na ja, er war schon immer nett zu Ährenlesern.«

»Die muss Mumm haben, dass sie so weit gekommen ist, bis zu uns.«

»Wahrscheinlich hat sie es erst auf anderen Feldern versucht. Hast du den blauen Fleck in ihrem Gesicht gesehen?«

»Wusstet ihr schon, dass sie für eine unserer eigenen Witwen liest?«

»Nein.«

»Das weiß bestimmt nicht jeder.«

»Deswegen darf man sie noch lange nicht mit Steinen bewerfen! Das Gesetz sagt sehr klar, wie man Ährenleser behandeln muss.«

»Und fremde Frauen.«

»Boas' Mutter war auch eine Fremde.«

»Das geht uns nichts an, wir tun unsere Arbeit.«

***

Und die Frauen sagten ...

»Siehst du, wie die Männer Ähren abschneiden und ihr hinwerfen?«

»Für ein hübsches Ding tun sie halt alles.«

»Boas hat mit ihnen geredet, bevor er ging. Wahrscheinlich hat er sie angewiesen, ihr etwas hinzuwerfen.«

»Dann interessiert sich sogar der Herr für sie. – Da, schau! Siehst du?«

»Was?«

»Schimei guckt sie schon wieder an.«

»Das siehst du nur, weil du Schimei anguckst!«

»Sie gefällt mir nicht.«

»Warum das?«

»Muss ich einen Grund dafür haben?«

»Also, ich mag sie.«

»Warum?«

»Ich kenne Leute, die weniger fleißig sind und sich mehr in anderer Leute Angelegenheiten einmischen.«

***

»So viel!«, rief Noomi aus, als Ruth in die Höhle trat und das Bündel mit dem Korn absetzte. Ihre Schwiegertochter lächelte, ihre Augen leuchteten. »Wo hast du denn all dieses Korn gesammelt? Möge der Herr den Menschen segnen, der dir geholfen hat!«

»Ich habe auf dem ganzen Heimweg Dankgebete für ihn zu Gott geschickt, Noomi. Sein Feld liegt ziemlich weit draußen.«

Noomi fragte sie nicht, warum sie so weit hinausgegangen war. Sie sah den blauen Fleck auf ihrer Wange und machte sich ihren Reim darauf. »Wie hieß der Besitzer des Feldes?«

»Boas.«

Noomis Hand ging an ihren Hals. »Boas?«

»Ja, Boas.« Ruth holte das Brot heraus, das sie für Noomi aufgehoben hatte, und reichte es ihr. »Er hat mich in die Hütte eingeladen, wo seine Mägde und Knechte ihr Mittagsmahl essen, und mir eine doppelte Portion gegeben. Hier, nimm, Mutter. Dass ein Mann seines Standes seine Knechte bedient – so was habe ich noch nie erlebt.«

Noomi nahm das Brot mit zitternden Fingern entgegen. An Boas hatte sie noch gar nicht gedacht. Sie hatte ihn vergessen gehabt. Oder, besser gesagt, ihn aus ihren Gedanken fortgeschoben. Vor lauter Scham. Vor vielen Jahren war er zu ihrem Vater gekommen, um um ihre Hand anzuhalten. Was für ein Theater hatte sie angestellt, als er wieder gegangen war! Was hatte sie geweint und ihren Vater angefleht, ihr stattdessen Elimelech zu geben.

»Er hat ja noch gar nicht gesagt, dass er dich heiraten will!«, hatte ihr Vater gesagt, rot vor Zorn.

»Das tut er noch! Seine Schwester hat mir erzählt, dass er schon mit seinem Vater gesprochen hat.«

»Boas ist ein tugendhafter Mann, meine Tochter.«

Aber nicht ein Mann, der das Herz einer jungen Dame schneller schlagen ließ. Noomi hatte einen Mann haben wollen, der groß und hübsch war, mit lachenden Augen und viel Charme. Sie wollte Elimelech. Sein Name bedeutete »Mein Gott, ein König« und das sagte doch wohl etwas über seinen Charakter. Die Liebe, die sie in Boas' Augen gesehen hatte, war ihr nur peinlich gewesen. Seine Aufmerksamkeit hatte sie abgestoßen. Wann ging er endlich wieder? Warum suchte er sich nicht eine andere aus, die genauso hausbacken war wie er?

Sie hatte gewusst, dass keiner dieser Gründe ihren Vater gegen Boas einnehmen würde. Aber halt – da war doch etwas, das er offenbar vergessen hatte. »Tugendhaft ist Boas schon, Vater, aber hast du auch an seine Herkunft gedacht?« Boas' Mutter war eine Kanaaniterin. Und eine ehemalige Hure.

Noomi senkte ihren Kopf und presste die Augen zusammen. *O Gott, Herr, dass ausgerechnet Boas so freundlich zu Ruth ist!* Wie abweisend hatte sie diesen Mann behandelt. Und auf seine Mutter herabgesehen, die einen solch starken Glauben bewiesen hatte. Unerhört, unverzeihlich! Und trotzdem hatte Boas Ruth willkommen geheißen und ihr eine doppelte Portion gegeben. »Gott sei gepriesen für diesen Mann! Möge der Herr ihn segnen!«, presste sie hervor. Als junges Ding hatte sie nicht erkannt, was für ein wertvoller Mensch er war. Aber das Leben hatte sie in die Schule genommen. Sie war jetzt älter. Und viel weiser.

Ein winziger Hoffnungsfunke kam in ihr hoch.

Sie hob langsam ihren Kopf und sah Ruth an. »Er ist nicht nur zu uns freundlich, sondern auch zu deinem verstorbenen Mann.« Sie sah den fragenden Blick in ihren Augen. Es gab ja so viele Dinge, die Ruth noch nicht wusste über die Sitten und Gesetze der Hebräer. Wie würde sie reagieren, wenn sie ihr eröffnete, was für Pflichten Boas ihr gegenüber hatte? Würde sie genauso denken wie sie selber als junges Mädchen und nur die äußere Schale dieses Mannes sehen und nicht sein großes Herz? Wo gab es einen Mann, der entschlossener war, Gott zu dienen, als Boas? Aber es geschah nicht oft, dass das Herz einer jungen Frau von dem inneren Wesen eines Mannes gewonnen wurde.

»Dieser Mann ist einer unserer engsten Verwandten, Ruth. Einer der Löser unserer Familie.«

»Oh! Dann verstehe ich, warum er so freundlich zu mir war.«

»Nein, Ruth, verstehe das jetzt nicht falsch! Boas ist nicht die Sorte Mann, die nur ein Herz für die Verwandtschaft hat. Wo ein Mensch in Not ist, kann er auf Boas zählen.«

»Auch wenn es ein Fremder ist?«

»Boas' Mutter war eine Kanaaniterin. Eine Prostituierte, die auf der Stadtmauer von Jericho wohnte.« Ruths Augen wurden groß, und Noomi beeilte sich, fortzufahren. »Sie war eine große Frau des Glaubens, aber es gab viele, die auf den jungen Boas herabsahen, weil er fremdes Blut in den Adern hatte; sein Vater war Hebräer und seine Mutter eben Kanaaniterin. Rahab gab zwei Kundschaftern Unterschlupf, die Josua ausgesandt hatte, bevor unser Volk das Gelobte Land eroberte. Sie erklärte ihren Glauben an Gott und rettete den beiden das Leben, indem sie sie an einem Seil aus ihrem Fenster herabließ. Als die Stadt zerstört wurde, holten sie sie und ihre Familie heraus, und seitdem wohnte sie unter unserem Volk. Ja, und einer dieser Kundschafter hat sie dann zur Frau genommen.«

»Dann war Boas also um seiner Mutter willen so nett zu mir.«

Noomi war sicher, dass dies nicht der einzige Grund war. »Er versteht besser als jeder andere, was Gottes freie Gnadenwahl bedeutet.« Wenn Gott Rahab in sein Volk aufgenommen hatte, dann konnte er auch eine junge moabitische Witwe berufen. Sie beugte sich nach vorne. »Hat er sonst noch etwas zu dir gesagt?« Hatte Boas vielleicht sie erwähnt?

»Er hat mir gesagt, ich soll wiederkommen und bei seinen Knechten bleiben, bis die ganze Ernte eingebracht ist.«

Plötzliche Erleichterung. Bestimmt hätte Boas dies nicht gesagt, wenn er Noomi ihren Korb von damals noch nachtrug. »Das ist ja wunderbar! Tu, was er dir sagt, Ruth. Bleibe die ganze Ernte über bei seinen Knechten. Dort wirst du in Sicherheit sein.«

Versonnen lächelnd aß Noomi das Brot, das Ruth ihr gebracht hatte. Sie schaute zu, wie ihre Schwiegertochter die Gerste in einen Korb schüttete, vorsichtig, dass auch nichts daneben ging. Es war also doch nicht alles verloren. Es gab eine Tür, durch die Ruth in eine Zukunft der Hoffnung hineingehen konnte. Und so Gott wollte, würde diese Tür auch Noomi offenstehen.

***

Noomi wurde von dem Knirschen der Steine unter Ruths Sandalen, gleich draußen vor der Höhle, wach. Die Sonne lugte gerade über den Horizont, und Ruth kam mit einem großen Wasserschlauch vom Brunnen zurück. »Du bist ja heute eine Frühaufsteherin«, lächelte sie.

»Ich dachte, heute gehe ich mal nach Bethlehem und besuche ein paar alte Freunde«, antwortete Noomi.

Ruth goss das Wasser aus dem Schlauch in einen großen irdenen Krug. »Das ist schön. Sie haben dich bestimmt vermisst und haben dir viel Neues zu erzählen.« Sie hing den leeren Schlauch auf und legte ihr schwarzes Tuch um ihr Haar und ihre Schultern. »Ich gehe auf das Feld, bis heute Abend dann.«

»Gott sei mit dir, Ruth.«

Ruth lächelte. »Und mit dir, Mutter.«

Noomi stand auf, zog eine Decke um ihre Schultern und trat in die Öffnung der Höhle, wo sie Ruth hinterhersah, wie sie die Straße entlangging. Was hatte Gott sie gesegnet mit dieser Schwiegertochter! Ruth hätte eine gesicherte Zukunft und tausend Möglichkeiten haben können in Kir-Hareset. Stattdessen war sie mit hierher nach Bethlehem gekommen, um mit einer müden, verzweifelten, jammernden Alten in dieser Höhle zu hausen. Sie könnte noch jetzt jederzeit zu ihren reichen Eltern zurückkehren, aber stattdessen ging sie jeden Morgen hinaus, um die Arbeit der Ärmsten der Armen zu verrichten. Kein einziges Mal hatte sie geklagt. Jeden Abend kam sie mit einem Lächeln, viel Korn, guten Nachrichten und einem dankbaren Herzen zurück.

Ein Mann wie Boas würde eine junge Frau mit Ruths Eigenschaften zu schätzen wissen, Moabiterin oder nicht.

Noomi rief sich zur Ordnung. Sie durfte nichts übereilen. Sie hatte nicht die Absicht, blindlings nach Bethlehem zu laufen und ihren Fall vor den Ältesten vorzutragen. Erst brauchte sie mehr Informationen.

Sie würde langsam vorgehen. Es hatte keine Eile, jetzt, wo sie und Ruth Essen und ein Dach über dem Kopf hatten. Sie würde beobachten, würde den Menschen Zeit geben, ihre Schwiegertochter kennen zu lernen. Und wer, der sie einmal kannte, würde ihr nicht mit Hochachtung begegnen? Gab es eine feinere junge Frau als ihre Ruth? Vor allem aber würde Noomi Gott um seine Führung bitten, auch wenn es kein anderer als Gott selbst sein konnte, der ihr diesen Hoffnungssamen ins Herz gelegt hatte.

Zum ersten Mal, seit sie Machlon beerdigt hatte, sah Noomi nicht mehr das »war einmal« der Vergangenheit, sondern die Möglichkeiten, die die Zukunft bereithielt.

***

Und die Frauen sagten ...

»Ich finde, sie ist hübsch.«

»Das sagst du nur, weil du sie magst.«

»Du bist ja nur neidisch, weil Rimon, Netzer und Tirosch heute mit ihr reden wollten.«

»Habt ihr auch gesehen, dass sie nie bei den Männern arbeitet?«

»Ja, sie sieht noch nicht einmal zu ihnen hin.«

»Sie muss ihren Machlon sehr geliebt haben.«

»Und sie hält treu zu ihrer Schwiegermutter.«

»Meine Mutter sagt, Ruth kommt morgens in aller Frühe zum Brunnen und holt Wasser, bevor sie in die Felder geht.«

»Dann muss sie ja vor Sonnenaufgang aufstehen.«

»Schamasch passt gut auf sie auf.«

»Das tun alle Männer!«

»Eine Moabiterin, die schon einen anderen gehabt hat, nimmt doch keiner!«

»Ja, sollen Ruth und ihre Schwiegermutter etwa den Rest ihres Lebens in dieser Höhle wohnen?«

»Sie wohnen in einer Höhle?«

»Die Höhle direkt unter denen, wo die Hirten im Winter ihre Herden unterbringen. Wusstest du das nicht?«

»Ich dachte, die wohnen in der Stadt.«

»Noomi ist halt oft in der Stadt, um Freundinnen zu besuchen und Tauschgeschäfte zu machen.«

»Aber gibt's da nicht ein Haus, das mal ihrem Mann gehörte?«

»Mein Vater hat gesagt, Noomis Mann hat das Haus und sein ganzes Land verpfändet, bevor er nach Moab ausgewandert ist.«

»Die ganze Stadt spricht nur noch über Ruth und Noomi.«

»Vor allem über Ruth.«

»Du bist ja nur eifersüchtig!«

»Ich bin nicht eifersüchtig!«

»Warum bist du dann so gegen sie?«

»Weil ausländische Frauen unsere Männer verführen.«

»Ausländische Frauen gehen nicht zu unseren Gottesdiensten.«

»Willst du etwa behaupten, dass sie eine Jüdin ist?«

»Ruth geht mit ihrer Schwiegermutter in den Sabbatgottesdienst. Sie stehen hinten, bei den anderen Witwen; deswegen hast du sie wohl nicht gesehen. Du bist halt weiter vorne, wo du deinen Netzer sehen kannst.«

»Komm, Tirza, du bist auch nicht besser – gaffst den halben Tag Lahad an.«

»Na und? Er ist halt ein schöner Mann.«

Die jungen Frauen gingen lachend durch das Tor der Stadt.

***

»Ist er nicht verheiratet?« Noomi war überrascht und verlegen über das, was sie da von ihrer alten Freundin Sigal hörte. »Was ist mit ihm, dass er sich die ganzen Jahre keine Frau genommen hat?«

»Was soll da sein?« Sigal schüttete mehr Weizen auf den Mahlstein. »Wahrscheinlich hat er nie Zeit gehabt, sich eine Frau zu suchen. Er hat sein ganzes Leben in seine Ländereien gesteckt. Boas ist nicht wie andere Landbesitzer, er ist jeden Tag draußen auf den Feldern. Und wenn er nicht dort ist, ist er im Stadttor und hilft, Streitigkeiten zu schlichten.«

»Aber was nützt das schönste Land, wenn man keine Erben hat?«

»Er ist ja noch nicht im Grab, Noomi. Er kann sich immer noch nach einer Frau umsehen, wenn er Lust dazu hat. Glaube mir, es gibt viele Väter hier in

Bethlehem, die ihm ihre Tochter mit Wonne geben würden. Er ist der reichste Mann der Stadt.«

»Und der einsamste.«

Sigal lachte wegwerfend. »Der Mann hat keine Zeit, einsam zu sein.«

»Aber es ist doch schade, dass er nicht verheiratet ist.«

»Vielleicht wartet er auf die Frau seiner Träume – eine, die so schön und klug und fromm ist wie seine Mutter. Manche Männer haben so hohe Erwartungen, dass sie nie die Richtige finden.«

»Manche warten auf die Frau, die sie lieben wird.«

»Jeder in Bethlehem liebt und achtet Boas.«

»Ich meine, vielleicht wartet er auf eine, die sich richtig in ihn verliebt.«

»Das bezweifle ich. Die meisten Männer wissen doch, dass Liebe ihre Zeit braucht. Solange ein Mädchen seinen Ehemann achtet, gibt es allen Grund, auf eine glückliche Ehe zu hoffen.«

»Du bist eine weise Frau, Sigal.«

»Das war ich schon immer.«

Noomi wurde still. Hatte sie Boas so wehgetan damals, dass er es nicht mehr gewagt hatte, einer Frau einen Heiratsantrag zu machen? Aber nein, das konnte, das durfte nicht der Grund für seine Ehelosigkeit sein. Boas war zu vernünftig, um wegen eines einzelnen dummen Mädchens alle Heiratspläne aufzugeben.

Sollte sie ihn einfach fragen?

Nein! Niemals! Sie konnte die Vergangenheit

nicht ansprechen, ohne Boas in Verlegenheit zu bringen und womöglich die Zukunft aufs Spiel zu setzen. Sie wollte das, was sie ihm vor all den Jahren angetan hatte, wieder gutmachen. Was auch seine Gründe sein mochten, der Gedanke, dass er so alleine lebte, machte sie traurig. Ein Mann war nicht dazu geschaffen, allein zu leben, und schon gar nicht ein Mann wie Boas. Gott hatte ihn mit Land und Gütern gesegnet, aber das eine, was er brauchte, um ein erfülltes Leben zu haben – eine Frau, die ihm Söhne gebären würde –, hatte er ihm nicht gegeben. Boas brauchte eine richtige eigene Familie!

»Vor Jahren habe ich einmal so ein Gerücht gehört«, sagte Sigal, während sie weiter ihren Weizen mahlte. »Über dich und Boas.« Sie warf Noomi ein neckisches Lächeln zu.

»Gerüchte sind den Sand nicht wert, auf dem wir gehen«, antwortete Noomi. Wenn dieses Gerücht wieder aufgewärmt wurde, würde dies nur dazu führen, dass ein guter Mann gedemütigt wurde. »Elimelech hat meinem Vater den Brautpreis gezahlt, als ich vierzehn war.«

»Die anderen Mädchen waren damals alle neidisch auf dich. Elimelech war ein hübscher Bursche.«

»Waren sie auch neidisch auf mich, als er das Land verpfändete und mich und unsere Söhne aus Bethlehem wegführte?«

Sigal blinzelte überrascht.

Noomi verzog das Gesicht über sich selber. »Entschuldige, meine Liebe, aber nach all den Jahren spüre ich es immer noch, wie bitter dieser Tag war.«

Sigal hörte mit dem Mahlen auf und legte ihre Hand auf die Noomis. »Ich habe oft an dich denken müssen in all den Jahren.«

Noomis Augen wurden nass. »Jeden Tag in Moab habe ich mich zurück nach Hause gesehnt.« Sie atmete tief ein und seufzte zufrieden. »Aber der Herr hat mich doch gesegnet – mit Ruth.«

»Das stimmt«, sagte Sigal. »Sie liebt dich, als ob du ihre leibliche Mutter wärest.«

»Ich könnte sie nicht mehr lieben, wenn sie mein eigen Fleisch und Blut wäre.«

»Gott hat dich durch sie getröstet, Noomi. Alle sagen, dass sie eine großartige junge Frau ist.«

Noomis Blick hellte sich auf. Jetzt war Ruth also nicht mehr »die Moabiterin«. Die Bewohner von Bethlehem, sie waren dabei, ihren echten Wert zu erkennen.

Die Frage war nur: Erkannte Boas ihn auch?

Kapitel 4

Jeden Tag kam Boas zu dem Gerstenfeld, um zu sehen, wie die Arbeit voranging. Und jeden Tag warf er ein heimliches Auge auf die junge Moabiterin, die hinter seinen Knechten und Mägden ihre Ähren las. Er redete nicht mit ihr, aus Angst vor möglichen Klatschzungen, und wenn er zum Mittagsmahl blieb, achtete er darauf, die junge Frau nicht anzuschauen. Noch nie war ihm etwas so schwer gefallen!

Jetzt war die Gerstenernte vorbei, und der Weizen stand hoch und reif, bereit für die Schnitter. In ein paar Wochen wäre das gesamte Korn geerntet. Hatte Ruth genug Ähren gelesen, um sich und Noomi durch das Jahr zu bringen? Er wusste, dass sie in einer der Höhlen bei Bethlehem wohnten; Elimelech hatte das Feld davor besessen. Aber würden ihre Vorräte bis zur nächsten Ernte reichen?

Er sah zu den Erntearbeitern hin. »Hat die junge Moabiterin Freunde unter unserem Volk?«, fragte er den Aufseher.

»Sie begegnen ihr alle mit Achtung und Bewunderung.«

Es war nicht das, was er gefragt hatte, aber Boas verstand: Die Leute hielten eine Art respektvolle Distanz zu Ruth, wie damals zu seiner Mutter.

»Und die jungen Männer? Interessiert sie sich für jemanden unter ihnen?«

»Sie bleibt stets bei den Mägden und kümmert

sich nicht um die Männer, was man nicht von allen unseren jungen Frauen sagen kann. Sie kommt früh aufs Feld und bleibt bis zum Schluss. Und sie scheint die Arbeit zu mögen. Sie singt mit den Mägden mit.« Schamasch lächelte. »Sie bittet mich immer, dir ihren Dank weiterzusagen. – Gibt es einen Grund, warum du nicht selber mit ihr redest?«

»Du weißt, wie die Leute reden.« Boas stieg auf sein Pferd. »Du magst sie, Schamasch, nicht wahr?«

»Alle bewundern sie, Boas. Ich habe nie eine junge Frau erlebt, die mehr Lob verdient als Ruth. Selbst in der Stadt hört man kein böses Wort gegen sie.« Schamasch sah in die Richtung, wo Ruth stand. »Sie wäre die ideale Ehefrau.«

Boas spürte ein flaues Gefühl im Bauch. War Schamasch dabei, sich in Ruth zu verlieben? Aber wer war er, dass er einem anderen Mann sein Glück neidete? Wer wusste besser als er selber, dass ein Mann ohne Frau einsam war, selbst unter Freunden? »Eine gute Ehefrau ist mehr als ihr Gewicht in Gold wert, Schamasch. Sie ist eine Krone auf dem Haupt ihres Mannes. Diese junge Moabiterin ist eine Zierde und Ehre für jeden Mann.« Er sah, wie Ruth aufblickte, und schaute schnell weg. Aber was war das für ein plötzliches Lächeln in Schamaschs Augen? Boas nickte ihm zu. »Möge der Herr dich segnen bei allem, was du tust, Schamasch.«

Schamasch verneigte sich. »Und möge er dir geben, was dein Herz sich wünscht, Boas.«

Der Ritt zurück nach Bethlehem war lang. Am

Stadttor gab Boas das Pferd in die Obhut eines wartenden Dieners und setzte sich zu den Ältesten. Er war mit diversen Streitigkeiten und Geschäftsangelegenheiten beschäftigt, bis die Mägde von den Feldern zurückkamen. Sein Puls wurde schneller, als er Ruth unter ihnen sah. Sie ging neben den anderen Mädchen und hörte lächelnd ihren Gesprächen zu, beteiligte sich aber nicht daran. Und was war das? Da kam Noomi aus der anderen Richtung und hieß ihre Schwiegertochter willkommen. Sie gaben sich den Begrüßungskuss und unterhielten sich kurz, während die Mägde durch das Tor gingen. Als sie sich umdrehten, um zu ihrer Höhle zu gehen, schaute Ruth kurz in seine Richtung und verneigte sich lächelnd. Auch Noomi sah zu ihm hin. Er wandte den Blick von den Frauen ab und zwang sich, wieder den anderen Ältesten zuzuhören. Über was für ein Detail aus dem Gesetz des Mose sprachen sie gerade noch? Er schloss einen Augenblick die Augen, so, als denke er nach, und versuchte, sein galoppierendes Herz zu beruhigen.

***

Jedes Mal, wenn Ruth von Boas' Feldern zurückkam, beobachtete Noomi sie genau. Jede Einzelheit, die sie ihr über die Stunden unter den Knechten und Mägden erzählte, sog sie eifrig ein, begierig zu hören, was Ruth über Boas dachte. Doch Ruth sagte nichts über den Landbesitzer. Sie redete über die Arbeit und die netten anderen Mädchen, und manchmal sang sie ein neues Lied vor, das sie an diesem Tag gelernt hatte.

Aber heute witterte Noomi Morgenluft. Heute hatte sie im Stadttor gestanden, um auf Ruth zu warten. Boas hatte sie nicht bemerkt, aber sie hatte ihn beobachten können. Wie sein Kopf nach oben gegangen war, als seine Mägde zurückkehrten! Und der Augenblick, wo er Ruth sah, sie hatte ihn deutlich gemerkt.

»Kommt Boas oft zu dem Feld?«, fragte sie.

»In dieser Woche war es vier Mal, in der letzten drei Mal.«

Aha! Das Mädchen zählt, wie oft er kommt! Das war ein gutes Zeichen. »Und spricht er jedes Mal mit dir?«

Ruth schüttelte den Kopf. »Seit dem ersten Tag, wo er mir erlaubt hat, Ähren zu lesen, hat er nicht mehr mit mir gesprochen. Er scheint ein sehr beschäftigter Mann zu sein.«

»Na, doch sicher nicht so beschäftigt, dass er nicht ein paar höfliche Worte mit dir wechseln könnte.« Noomi sah Ruth aufmerksam an. Wie würde sie reagieren?

Ruth protestierte. Gut. »O Mutter, nein, er ist sogar sehr zuvorkommend zu mir. Hast du vergessen, dass er seine Knechte angewiesen hat, mir Ähren hinzuwerfen, damit ich mehr zum Lesen habe? Wir stehen beide in seiner Schuld. Jedes Korn Gerste und Weizen, das wir haben, kommt von ihm.«

»Nicht wahr, du magst ihn?«

Ruth senkte ihren Blick. »Nicht mehr als all die anderen Erntearbeiter ihn auch mögen.« Sie setzte sich in den Eingang der Höhle und sah auf Elimelechs braches Feld hinaus. »Ich frage mich, warum er nie geheiratet hat, Mutter. Wie kommt es, dass Gott ihn mit so vielen Gütern gesegnet hat, aber nicht mit einer Frau und Söhnen?«

Noomi lächelte versonnen. Liebe Ruth. Sie sah also, was für ein Löwenherz des Glaubens in der Brust dieses Mannes schlug. Warum sie nicht ein bisschen mehr testen und schauen, ob ihr Mitleid sich in eine andere Art Zärtlichkeit verwandeln ließ? »Nun ja, ein besonders schöner Mann war er nie.« Ruth sah sie überrascht an, und sie fuhr schnell fort: »Es ist wirklich schade, dass er so hausbacken ist.«

»Also, so wie Machlon ist er sicher nicht, Mutter, aber hausbacken – das würde ich nicht sagen.«

»Dann hast du ihn ... attraktiv gefunden, als du ihn gesehen hast?«

Ruth wurde rot. »Nein, ich habe ... ich meine ...« Sie schüttelte den Kopf. »Aber du meinst doch nicht, dass Boas hässlich ist?«

»Ich würde nie jemanden hässlich nennen, der mir Korn in die Hände schüttet, Gott bewahre! Aber blind bin ich auch nicht. Boas ist ein guter Mann, jemand, der nach dem Gesetz lebt und es nicht nur predigt. Aber die Qualitäten, die das Herz eines jungen Mädchens gewinnen – nein, die hat er nicht.«

»Er ist ein sehr charakterfester Mann.«

»Hast du dich in meinen Sohn verliebt, weil er charakterfest war? Wenn Machlon klein, dünn und unansehnlich gewesen wäre, hättest du dich zu ihm hingezogen gefühlt?«

»Machlon war mehr als ein hübsches Gesicht, Mutter, das weißt du genauso gut wie ich.«

»Wir sprechen nicht über die Liebe, die im Band der Ehe wächst, meine Tochter. Wir reden davon, was in dir vorging, als du das erste Mal Machlon in den Straßen von Kir-Hareset sahst. Gott ist gnädig zu meinem Sohn gewesen; Machlon durfte die Liebe einer guten Frau erfahren.« Sie schüttelte den Kopf. »Armer Boas.« Sie schnalzte mit der Zunge. »Er hat keine, und jetzt ist es zu spät.«

Ruth sah plötzlich unbehaglich aus. »Warum soll es zu spät sein?«

»Er ist alt.«

»Oh, Noomi!« Ruth lachte. »Erst gestern hast du mir gesagt, dass Abraham mit hundert Jahren Isaak zeugte! Boas ist höchstens halb so alt!«

Was für ein Juwel war dieses Mädchen für Machlon gewesen. Wenn er ihr nur einen Sohn gezeugt hätte, hätte Noomi jetzt nicht all diese Sorgen. So, wie es jetzt war, würden Machlons und Elimelechs Namen aussterben. Das durfte nicht sein!

O Elimelech, wenn du stärker im Glauben gewesen wärest, würden jetzt deine Söhne in dem Feld dort sein und den Weizen ernten. Du würdest das Erbe genießen, das Gott dir gegeben hat. Du hättest seine Verheißungen in Anspruch genommen und das

Gesetz befolgt und wärest so gesegnet wie Boas. Stattdessen hast du uns weggeführt aus unserem Erbe und hast dich den Träumen vom großen Reichtum hingegeben, und alles, wofür du so hart gearbeitet hast, ist weg, fortgeblasen wie der Sand im Wind. Dein Leben war so unfruchtbar wie das brache Feld dort draußen, und selbst die Frucht deiner Lenden ist gestorben. Du hast nichts hinterlassen, nichts, was von Dauer ist.

Und ich bin so wütend auf dich, Elimelech. Mein Blut schreit, dass du unser Leben vergeudet hast. Und ich bin wütend auf mich selber, weil ich mich so leicht von deinem hübschen Gesicht habe einnehmen lassen, von deiner charmanten Art und von den süßen Worten, die mir wie Wein hinuntergingen und dann zu Essig wurden. Du wirst nie wissen, wie viel Schmerz und Elend du dir selber und mir gebracht hast, weil du den leichteren Weg gehen wolltest und nicht den geraden.

Aber Gott hat mir meine Sünden vergeben und mich nach Hause gebracht, und so vergebe auch ich dir. Weil ich dich bis zum Ende geliebt habe, egal was für ein Mann du warst. Und weil du am allermeisten leiden musstest an den Folgen deines Weges.

Noomi hatte ihren Mann geliebt, aber sie wusste besser als jeder andere, dass Elimelech nicht der Mann gewesen war, der Boas war. Elimelech hatte die Verheißungen Gottes gering geachtet, sein Land verlassen und seine Söhne in der Fremde großgezogen. Als er in Moab starb, hatte seine Familie dort festgesessen. Seine beiden Söhne hatten fremde Frauen genommen und waren ebenfalls in Moab gestorben. Mit den Augen der Liebe sah Noomi die Wahrheit. Elimelech hatte gegen Gott gesündigt, ihm auch noch die Schuld an den Folgen gegeben und sich geweigert, Buße zu tun. Ihr Mann hatte sich eingebildet, dass er es aus eigener Kraft schaffen würde.

Oh, die Torheit der Menschen.

Boas war die andere Seite der Münze. In den schweren Jahren, als Gott sein halsstarriges Volk für seinen Baals-Götzendienst bestrafte, war er in Bethlehem geblieben. Er hatte die Verheißungen Gottes in Anspruch genommen und aufrichtig vor ihm gelebt. Und Gott hatte seinen beharrlichen Glauben gesegnet; jetzt war Boas ein reicher Mann, dessen Wort etwas galt in Bethlehem. Er saß mit den Ältesten im Stadttor und traf Entscheidungen, die das Leben der ganzen Stadt betrafen. Und dabei war er nicht stolz geworden, sondern ein Mann der Demut geblieben, der sich der Menschen annahm, die es nicht so gut hatten – sogar einer jungen Witwe aus Moab.

Elimelech hatte immer gesagt: »Gott hat uns verlassen, und darum werde *ich* jetzt für uns sorgen!« Boas' Motto war: »Gott sorgt für mich, und auf ihn vertraue ich.«

Die Frau eines solchen Mannes, sie war eine Gesegnete. Noomi wollte so sehr, dass Ruth glücklich würde. Sie wollte, dass dieses kostbare Mädchen, das alles verlassen hatte, um ihrer alt werdenden Schwiegermutter zu helfen, es erlebte, was *Freude* war!

Aber da gab es ein Problem. Boas war nicht der einzige Verwandte, den sie und Ruth hatten. Bei ihren Besuchen in der Stadt hatte Noomi erfahren, dass es noch einen anderen Mann gab, der enger mit ihr verwandt war als Boas. Ein jüngerer Mann, der die Blicke der Frauen magisch anzog.

Ein Mann wie Elimelech.

***

Was Noomi ihr über Boas gesagt hatte, wollte Ruth nicht aus dem Kopf gehen. Als er am nächsten Tag wieder auf das Feld kam, beobachtete sie ihn heimlich. Sie merkte, wie ihr Herz auf einmal merkwürdig schneller schlug. Alle Menschen in Bethlehem begegneten Boas mit Achtung, ja mit Liebe – aber es war die Art Liebe, die man zu einem Vater oder älteren Bruder hatte.

Ob je eine Frau sich in Boas verliebt hatte? Leidenschaft im Herzen gespürt hatte, wenn er auch nur auf der Straße vorüberging, so wie bei ihr und Machlon? Sie konnte es sich nicht vorstellen, und dies machte sie traurig. Wie alt war Boas? Fünfzig? Sechzig?

Der arme reiche Mann. Was hatte er, das blieb?

O Herr, Gott Israels, lass Boas' Namen nicht aussterben.

Sie beobachtete ihn, wie er mit Schamasch sprach. Wie ernst er aussah. Ob er je lachte? Was machte er, wenn er nicht nach seinen Feldern und Knechten sah oder im Tor saß und die Geschicke der Stadt lenkte? Er hatte Freunde, aber konnte er sich diesen so öffnen wie einer Frau, die ihn liebte? Was für Träume hatte er? Sie hatte die Melancholie in seinen Augen gesehen. Kam sie daher, dass er traurig darüber war, niemanden zu haben, der es unternahm, durch seine schmucklose Schale hindurch in sein Herz zu schauen?

Er musste ihre Blicke wohl bemerkt haben, denn jetzt sah er zu ihr hin. Sie lächelte, nickte ihm achtungsvoll zu und sah rasch wieder zu Boden. Sie hatte allen Grund, dankbar zu sein, dass Gott sie zu diesem Feld und diesem Mann geführt hatte. Sie spürte, wie er sie weiter ansah, und schaute wieder hoch. Er sah zur Seite. Eine der Mägde, die den Blickwechsel bemerkt hatte, sah sie neugierig an, dann wechselte sie ein paar Worte mit einer anderen, und Ruth merkte, wie ihr das Blut in die Wangen stieg. Glaubten diese jungen Frauen womöglich, dass sie sich über Gebühr für ihren Herrn interessierte? Er war ein reicher Mann, und es gab sicher Frauen, die allein aus diesem Grunde, ohne an sein Herz zu denken, von einer Ehe mit ihm träumten.

Den ganzen Rest des Tages bemühte Ruth sich, sich ganz auf ihre Arbeit zu konzentrieren. Sie wollte nicht, dass das Interesse, das sie für Boas zeigte, missverstanden wurde. Klatsch konnte ihren Ruf ruinieren und auch ihn in Verlegenheit bringen. Nein, sie würde ihre Augen im Zaum halten und stattdessen für diesen Mann beten.

O Gott, du Herr der Gnade, vergiss nicht, wie freundlich dieser Mann zu den Armen ist. Lass seinen Namen in Ehren gehalten werden, nicht nur in dieser Generation, sondern auch in den folgenden, denn Boas ist dein treuer Diener. Er verkündet deinen Namen, wo er kann. Er ist ein Mann, der dir gefallen und dir gehorchen will. O Herr, dieser einsame Mann ist ein Werkzeug deiner Gnade und Fürsorge. ich weiß, dass du genug bist, aber ein Mann wie er ist doch nicht dafür da, allein zu bleiben. Bitte gibt du ihm, was sein Herz begehrt ... O Herr ... Herr ...

In einem fort betete sie für ihren Wohltäter. Bald dachte sie an nichts mehr als an Boas, wenn sie in seinem Feld arbeitete.

Und je mehr sie für ihn betete und an ihn dachte, umso deutlicher sah sie seine Güte.

***

Auch Noomi betete inbrünstig. Sie schob ihre eigene Not beiseite; was zählte, war, dass ihre Schwiegertochter ein besseres Los bekam, als in dieser Höhle zu hausen. Noomi spürte: Es war Zeit, dass das Leben weiterging, egal wie viel Anstrengung sie das kosten würde. Es war Zeit, dass sie ihr eigenes Leben kritisch Revue passieren ließ, anstatt dauernd Elimelechs Fehler wiederzukäuen. Ihre Ängste und Befürchtungen, sie hatten sich nicht bewahrheitet. Hatte sie nicht damit gerechnet, ganz allein von Kir-Hareset nach Bethlehem reisen zu müssen? Aber

Ruth war mit ihr gekommen. Ein Leben in Armut hatte sie vor sich gesehen, aber Ruth versorgte sie mit ihrer Arbeit in den Feldern. Sie hatte erwartet, dass alle ihre Freunde und Verwandten tot oder weggezogen wären, und siehe da, sie hatte ein halbes Dutzend ihrer alten Bekannten angetroffen sowie Boas und einen weiteren Verwandten.

Es war überdeutlich, dass Boas sich von Ruth angezogen fühlte. Aber Noomi kannte ihn gut genug, um zu wissen, dass er nicht aus sich herausgehen und um sie werben würde. Die Haare dieses Mannes würden vollends weiß werden und ausfallen, bevor er offen seine Gefühle zeigte.

Und Ruth? Sie würde weiter ihre Lebensaufgabe darin sehen, für ihre alte Schwiegermutter zu sorgen. Sie würde arbeiten, bis ihr Rücken krumm und ihr Schoß vertrocknet war. Sie würde sich aufopfern, bis Noomi sich zu ihren Vorfahren gelegt hätte. Und was würde danach aus ihr werden? Sollte Noomi passiv zuschauen, wie Ruth für den Rest ihres Lebens Ähren las, anstatt einem Haushalt vorzustehen und Kinder für den Herrn aufzuziehen? Sollte sie nichts unternehmen für Ruths Zukunft? War es nicht die Aufgabe einer Mutter, die Feuer ein wenig zu schüren? Wen sonst als Gott und sie kümmerte die Zukunft dieser kostbaren jungen Frau?

Herr, was sollen wir machen? Wie bringen wir das Blut dieses ruhigen alten Mannes in Wallung? Wenn wir warten, bis er selber etwas tut, können wir lange warten.

Was, wenn sie sich einen Plan ausdachte, der Boas auf die Sprünge half? Wäre Ruth bereit, mitzumachen? Ohne sie ginge es nicht.

Die nächsten Tage und Nächte verbrachte Noomi damit, über Ruths Zukunft nachzudenken und darüber, was für ein guter Ehemann Boas wäre. Als die Weizenernte fast zu Ende war, war ihr Plan fertig. Er war so kühn, dass Boas garantiert aufmerken würde. Der Gedanke, wie er wohl reagieren wurde, ließ Noomi kichern. Aber würde Ruth ihrem Urteil vertrauen? Würde ihre Schwiegertochter den Rat einer alten Frau annehmen, die in ihrem Leben so viele Fehler gemacht hatte, dass man sie nicht mehr zählen konnte?

Noomi war sich selber nicht sicher, was ihre wahren Motive waren. Sie wusste nur, dass Gott es schon recht machen würde. Sie liebte Ruth wie ihre eigene leibliche Tochter und wollte, dass sie glücklich im Leben wurde, aber sie wollte auch einen Enkel haben, der Machlons Erbe bekommen und seinen Namen weitertragen würde. Und sie wollte das, was sie als junges Mädchen Boas angetan hatte, wieder gutmachen – und wie konnte sie das besser tun, als indem sie ihm eine schöne junge Frau anbot, die noch viele Kinder gebären konnte?

Aber war es recht, so viel von Gott zu verlangen, wenn sie den Großteil ihres Lebens damit verbracht hatte, Elimelechs Wege mitzugehen?

Ruth und Boas. Boas und Ruth. Findest du nicht auch, dass sie die Richtigen füreinander sind, Herr?

Sicher, sie ist viel jünger als er, aber was für einen größeren Segen kann es für einen gerechten Mann wie Boas geben, als dass er in seinem Alter einen Köcher voll Kinder bekommt? Und was für Kinder das sein würden! Die Söhne und Töchter von Boas und Ruth werden sich nicht vor den Baalim verneigen!

Sie brachte ihr Anliegen vor Gott und wartete sehnsüchtig auf seine Antwort. Wie glücklich war Mose gewesen, der Gottes Stimme aus dem brennenden Busch hören durfte! Noomi wusste: Eine solche Stimme würde sie nicht vernehmen. Aber ihre Freundinnen fragen konnte sie erst recht nicht. War ihr Plan recht vor Gott? Und wenn nicht, was konnte das Ruth kosten?

Lass es auf mein Haupt kommen, Herr.

***

Die Ernte ging zu Ende, und Noomi wusste: Jetzt oder nie musste sie ihren Plan ausführen. Boas hatte reichlich Gelegenheit gehabt, Ruths Vorzüge zu bemerken, und Ruth hatte große Achtung vor ihm bekommen.

»Meine Tochter, es ist Zeit, dass ich ein anderes Heim für dich finde als diese Höhle hier. Ich möchte dir einen Mann besorgen, der dich versorgen wird und mit dem du glücklich bist.«

Ruth lachte. »Und wer sollte eine wie mich heiraten wollen?«

»Ich denke an Boas.«

»Boas!« Ruth fuhr zusammen, dass ein Teil des Korns, das sie gerade in einen Vorratskrug schüttete, auf den Boden fiel. Sie starrte ihre Schwiegermutter an. »Das ist doch nicht dein Ernst!«

»Ich weiß, dass er alt ist ...«

»Er ist nicht *alt!*«

»Also gut, hausbacken. Ist das der Grund, warum du protestierst?«

»Mutter, er ist der angesehenste Mann in ganz Bethlehem! Er sitzt unter den Ältesten im Tor! Er ist reich und hat Land und Diener!«

»Umso mehr Grund, dass du an ihn denken solltest.«

Ruth schüttelte ihren Kopf, halb amüsiert, halb konsterniert. »Ich weiß, dass du mich liebst, Mutter, aber du denkst zu hoch von der Witwe deines Sohnes. Wie kommst du auf die Idee, dass ich Boas' Frau werden könnte? Das ist doch lächerlich!«

»Du warst gut genug für meinen Sohn, und du bist gut genug für Boas.«

Ruth fuhr fort, ihr Korn in den Krug zu füllen. »Der würde noch nicht einmal Notiz von mir nehmen, wenn ich mich vor seine Füße würfe!«

»So, meinst du das? Er hat schon längst ein Auge auf dich geworfen.«

»Ein väterliches, ja.«

»Mehr als ein väterliches. Hast du keine Augen im Kopf? Er bewundert dich. Er hält zu viel Abstand, aber er schätzt dich.«

»Da irrst du dich, Mutter. Er denkt nicht anders

von mir als von jedem anderen Ährenleser in seinen Feldern.«

»Ich habe angefangen, Boas zu beobachten, wenn er in deiner Nähe ist. Sein Blick, wenn er sieht, wie du von den Feldern zurückkommst, spricht Bände.«

»Er grüßt mich gerade so wie alle seine Mägde. Er sagt: ›Gott sei mit dir.‹«

»Denkst du, ein Mann in den Fünfzigern kann einer jungen Witwe aus Moab offen den Hof machen, ohne dass geklatscht und getuschelt wird? Die Frauen würden denken, du bist eine Hure und er ein alter Narr. Und was die Männer denken würden, da wollen wir lieber nicht drüber reden. Boas wird sich nur dann erklären, wenn das Gesetz ihn dazu drängt.« Noomi beugte sich näher zu Ruth, nahm ihre Hände und lächelte breit. »Aber das Gesetz ist auf unserer Seite.«

Ruth sah verdattert aus. »Jetzt verstehe ich gar nichts mehr.«

»Boas ist ein Verwandter von uns, und es ist sehr lieb von ihm, dass er dich zusammen mit seinen Knechten Ähren lesen lässt. Er ist ein guter Mann, der jedem hilft, der in Not ist. Aber als unser naher Verwandter kann er auch unser Löser sein.«

»Löser?«

»Gott hat in seinem Gesetz für die Witwen gesorgt. Als Löser würde Boas dich zur Frau nehmen und dir einen Sohn schenken, der den Namen Machlons weiterführt und Elimelechs Teil an dem von Gott verheißenen Land erbt.«

Die Röte schoss in Ruths Gesicht. »Nachdem er schon so viel für uns getan hat, sollen wir ihn auch noch bitten, dass er mir einen Sohn schenkt, der den Namen eines anderen weiterführt? Und was ist mit seinem eigenen Erbe?«

»Boas hat keine Söhne, Ruth. Und keine Aussicht, welche zu zeugen.«

»Und du denkst also, ich soll ...« Ruth hielt an, begann zu stottern, wurde noch röter. »E-er ist einer der Ältesten! Er weiß doch bestimmt, dass er unser Löser ist, und hat nichts gesagt, weil er diese Aufgabe nicht übernehmen will.«

»Der Mann ist zu schüchtern, um sich dir anzubieten, Kind. Wie sollte er das denn anfangen? Soll er dir sagen: ›Ich will dir meine Dienste anbieten‹? Das wird er nie im Leben tun, und Gott würde ihn auch nicht lassen. Ich kenne Boas besser als du. Ich habe ihn schon in meinen frühen Jahren hier in Bethlehem kennen gelernt, und ich habe mir angehört, was meine Freundinnen über ihn zu berichten wissen. Er wird in dieser Sache niemals an dich herantreten!«

»Ja, weil ich nicht würdig bin, seine Frau zu werden!«

»Nein, sondern weil er über dreißig Jahre älter ist als du. Und weil er, wenn ich ihn recht einschätze, darauf wartet, dass ein anderer Mann, der jünger, schöner und redegewandter ist, um deine Hand anhält.« Was Gott verhüten möge! Damals hatte Boas Elimelech den Vortritt gelassen, weil Noomi dem

Reiz des Äußerlichen erlegen war. Würde er jetzt wieder verzichten und warten, bis der andere Ruths Wert erkannte? Boas als Heiratsvermittler ... »Boas wird nicht aktiv werden, und wenn es um sein Leben ginge.« Und es ging um sein Leben, fand Noomi. »Er würde es niemals riskieren, dich mit einem unerwünschten Heiratsantrag in Verlegenheit zu bringen.«

Ruth schaute zur Seite, die Stirne gerunzelt. Als sie Noomi wieder ansah, stand ihr Unbehagen ihr im Gesicht geschrieben.

»Darf ich dir helfen, einen Mann zu bekommen, Ruth? Könntest du dir vorstellen, glücklich mit Boas verheiratet zu sein?«

Ruth dachte nach. »Ich weiß nicht.«

»Na, wenigstens sagst du nicht Nein«, sagte Noomi zufrieden. »Bist du bereit, mir zu vertrauen, wenn ich dir sage, dass Boas dich glücklich machen kann? Er würde alles dazu tun, was er kann.« Sie sah, wie Ruths Augen feucht wurden. Ruth öffnete den Mund, um zu protestieren, aber Noomi fuhr entschlossen fort: »Ich weiß zufällig, dass er heute Abend auf seiner Tenne Gerste worfeln wird. Tu, was ich sage: Bade und parfümiere dich und ziehe deine besten Kleider an. Dann geh zu der Tenne, aber sieh zu, dass er dich nicht bemerkt, bis er gegessen und getrunken hat. Pass gut auf, wo er sich anschließend zum Schlafen hinlegt. Wenn er eingeschlafen ist, geh zu ihm und schlüpfe am Fußende unter seine Decke. Das Weitere wird er dir dann selber sagen.«

Ruths Gesicht war weiß geworden, ihre Augen groß. »Das ist ja ... Ist das dein Ernst, Mutter?«

»Vertraue mir, meine Tochter. Wenn du ihm nicht zeigst, dass du ihn gerne heiraten würdest, wird er bis an sein Lebensende Junggeselle bleiben. Soll so ein guter Mann ins Totenreich hinabfahren, ohne eigene Söhne gezeugt zu haben?«

»Und was soll aus dir werden?«

»Aus mir? Wie meinst du das?«

»Wenn Boas mich wirklich zur Frau nimmt, was wird dann aus dir? Soll ich dich alleine in dieser Höhle lassen?«

Die liebe Ruth! Noomi wurde mit jeder Sekunde entschlossener, ihr den Mann für's Leben zu besorgen. »Boas hat dir gleich am ersten Tag eine doppelte Portion gegeben. Denkst du im Ernst, er würde mich meinem Schicksal überlassen?« Sie schüttelte den Kopf und lächelte. »Wenn alles so geht, wie ich es gebetet habe, bekommen wir alle beide eine Zukunft und eine Hoffnung, Ruth. Wenn mein Plan gelingt, dann, weil Gott es so will, und nicht, weil eine alte Witwe sich als Kupplerin betätigt hat.«

Ruth atmete langsam aus. »Gut«, sagte sie und neigte ihren Kopf. »Ich werde alles so tun, wie du es gesagt hast.«

Noomi schwieg einen Augenblick, den Kopf gesenkt. Ruths Ernst ging ihr ans Herz. Ruth war im Frühling ihres Lebens, Boas im Herbst. Noomi konnte das Zögern ihrer Schwiegertochter gut verstehen, aber sie war sicher, dass Boas sie glücklich machen würde. Und doch ... War dieser Plan nach Gottes Willen, oder ging sie einfach ihre eigenen Wege, wie so oft schon?

Herr, was soll ich tun? Zahlreich sind die Pläne der Menschen, aber dein Wille geschieht.

Herr, erbarme dich, sei gnädig! Heile uns alle von unserem Schmerz, dass wir wieder Liebe erfahren. Lass die Heimatlosen wieder ein Heim bekommen, ein Heim, wo du der Herr bist. Boas wird meine Tochter den Weg des Lebens lehren und sie auf ihrer Reise führen. Ich habe die Einsamkeit in seinen Augen gesehen, Gott. Und die Liebe. Wenn es dein Wille ist, dann öffne du sein Herz für Ruth und ihr Herz für ihn. Wenn sie nur aus gegenseitiger Achtung und Liebe zusammenkommen, Herr, dann lass diese Gefühle zu Liebe werden. Mache du ein Feuer in ihren Herzen, das sie ihr ganzes Leben wärmt.

***

Boas ließ die Gerstengarben auf Esel laden und zu der alten Opferstätte bei Bethlehem bringen, die er als Tenne benutzte. Schamasch und die jungen Männer öffneten die Garben und warfen die Halme auf die festgestampfte Erde, wo ein Paar Ochsen, die einen schweren Holzschlitten zogen, im Kreis ging. Die an der Unterseite des Schlittens befestigten Steine zermalmten die Stengel und lösten die Körner aus den Ähren. Boas gürtete sich und arbeitete mit. Bald war die Luft erfüllt vom Geruch der gedroschenen Gerste, der Ochsen, der heißen Sonne und der Erde. Als der ganze Boden dicht von zermalmten Gerstenhalmen bedeckt war, wurden die Ochsen weggeführt, und die Männer nahmen ihre Worfgabeln zur Hand.

Mit gekonntem Schwung warf Boas das Getreide in die Luft. Der leichte Nachmittagswind erfasste die Spreu und wehte sie weg, während die schwereren Gerstenkörner zurück auf die Tenne fielen. Es war eine harte, schweißtreibende Arbeit. Wieder und wieder stieß Boas seine Gabel in die Getreidehaufen. Bald musste er sich ein Tuch um den Kopf binden, damit ihm der Schweiß nicht in die Augen rann. Er stimmte ein Erntedanklied an; die anderen fielen ein.

Bald stellte Boas ein paar der Knechte zum Aufsammeln des Strohs ab, das in der Scheune gelagert würde, als Futter für die Tiere und Brennmaterial für die Öfen. Als die Stroh- und Getreidehaufen zu klein für die Gabeln wurden, legten die Männer diese beiseite und benutzten stattdessen Worfschaufeln. Sie machten eine Pause, um zu essen und zu trinken, dann ging die Arbeit weiter. Als der Wind aufhörte, wedelten einige der Knechte mit Matten, um die Spreu von der Gerste zu trennen. Andere begannen, das Korn zu sieben. Auch die Lolchkörner wurden entfernt, denn diese Unkrautsamen verursachten Schwindel und Übelkeit, wenn sie mitgegessen wurden.

Die Ernte war so groß gewesen, dass das Dreschen mehrere Tage dauern würde. »Genug für heute, Männer!«, rief Boas. Seine Köche standen bereit mit dampfenden Schüsseln mit einem schmackhaften

Bohnen- und Linseneintopf und großen Tabletts mit Obst, Brot und Wein. Die Männer lagerten sich zum Essen, unterhielten sich, sangen und lachten, während über ihnen die Sterne hervorkamen.

Sie zündeten keine Laternen an, wegen der Brandgefahr.

***

Ruth saß hinter einem Felsen versteckt und sah und hörte zu, wie Boas mit seinen Knechten sang, lachte und trank. Als die Sterne herauskamen, schob sie sich etwas näher. Die Feiernden wurden leiser. Als Boas sich erhob, löste sich die Runde auf. Die Knechte standen auf und legten sich, ihre Gewänder als Decken benutzend, zum Schlafen hin, wo gerade Platz war. Bei Sonnenaufgang würde die Arbeit weitergehen. Ruth schaute zu, wie Boas sich neben dem Haufen gedroschenen Korns hinlegte.

Noch eine Stunde blieb sie in ihrem Versteck. Sie musste ganz sicher sein, dass alle Knechte schliefen, bevor sie handelte. Sie konnte es sich nicht leisten, dass jemand sie bemerkte, der Klatsch würde wie ein Steppenbrand durch Bethlehem laufen. *Wenn mich hier einer sieht ...* Der Gedanke war wie eine Folterzange, als sie, ganz vorsichtig, zu der Stelle hin kroch, wo Boas lag und schlief. Ihr Herz trommelte.

Jetzt war sie da. Sie hielt inne und betrachtete den Schlafenden in dem Licht des halben Mondes. Er sah jünger aus, als habe der Schlaf die Last seiner Aufgaben weggenommen. Der eine Arm lag über seinem Kopf. Ruth kniete sich zitternd zu seinen Füßen hin und zog behutsam sein Gewand ein Stück beiseite. Er drehte sich im Schlaf, dass ihr Herz stolperte. Ohne einen Laut rollte sie sich zu seinen Füßen zusammen und zog das Gewand über sich, damit die kühle Nachtluft ihn nicht aufweckte. Dann atmete sie langsam, langsam aus und befahl ihrem Herzen, ruhiger zu schlagen.

Ganz ruhig sein. Aber wie sollte das gehen, so nahe neben diesem Mann, dass sie seinen regelmäßigen Atem hörte und die Wärme seines Körpers spürte? Sein Schweiß vermischte sich mit den Gerüchen der Erde, des Strohs und der Gerste. Sie erinnerte sich, wie Machlon nach Krankheit und Angst gerochen hatte in den letzten Monaten seines Lebens. Boas roch nach Leben – nach harter Arbeit und nach ihrer Frucht, nach dem Land, das Gott ihm gegeben hatte. Es war ein Geruch, der zugleich anregend und beruhigend war.

Sie schluckte und schloss die Augen. Diese Gefühle, die sie plötzlich hatte. Sie schob ihre Hand unter ihre Wange und lauschte auf das rasche Klopfen ihres Herzens in ihren Ohren und das langsame, rhythmische Atmen des Mannes, der so nah bei ihr lag, dass seine Füße ihren Rücken berührten.

***

Mitten in der Nacht wurde Boas wach. Er lag still

und dachte nach. Was hatte ihn da aufgeweckt? Ein Traum? Er konnte sich nicht erinnern. Er horchte in die Nacht hinaus. Kein Geräusch, ja im Gegenteil: eine fast unheimliche Stille. Dann kam von der anderen Seite des Kornhaufens das laute Schnarchen eines der Männer. Gut. Boas atmete tief ein und versuchte, wieder einzuschlafen. Aber was war das? Die Luft roch anders als sonst, aromatischer, süßer. Er runzelte die Stirn. Er schnupperte. Er konnte sich nicht erinnern, je so einen sinnlich-verlockenden Duft gerochen zu haben. Wo kam er her? Trug der Abendwind ihm den Duft von Blumen zu? Nein, es roch eher wie ein Parfüm.

Er streckte das eine Bein aus. Nanu, da war etwas. Etwas Warmes, Weiches. War das …? Er sog heftig die Luft ein, zog seinen Fuß abrupt zurück und warf die Decke ab. Eine Hure! Wer sonst würde es wagen, mitten in der Nacht zu der Tenne zu kommen?

Die Frau hatte sich bereits aufgesetzt. Ihr Kopf drehte sich zu ihm hin. Es war zu dunkel, um ihr Gesicht sehen zu können. »Wer bist du?«, flüsterte er rau. Wenn nur die anderen nicht wach wurden.

»Ich bin deine Dienerin, Ruth.«

Sein Herz begann zu hämmern. *»Ruth?«* Seine Stimme war belegt und verwirrt.

Ihre Stimme zitterte. »Breite den Zipfel deines Gewandes über mich, denn du bist mein Löser.«

Eine heiße Woge schoss durch seinen ganzen Körper, von dem Fuß, mit dem er ihren Leib gespürt hatte, bis zum Kopf. Er konnte fast nicht atmen. In seinen kühnsten Tagträumen hätte er nicht gedacht, dass Ruth mit einer solchen Bitte kommen würde. Ahnte sie, wie sehr sein Herz sich nach einer Frau sehnte – eine Frau, die er lieben und umsorgen konnte, eine Frau, die mit ihm leben und ihm Kinder schenken würde?

Herr, Herr, wie kann ich je auf eine wie Ruth hoffen? Stellst du mich auf die Probe? Ich muss das tun, was recht ist, und nicht das, was ich will. Du weißt, wie mein Herz sich für sie geöffnet hat, von dem Tag an, wo ich zum ersten Mal von ihr hörte. Solch eine Frau … Aber Noomi, sie weiß doch bestimmt von dem anderen Verwandten. Sie muss wissen, dass es nicht mein Recht ist, diese Pflicht zu erfüllen, es sei denn … O Gott, gib mir die Kraft, das zu tun, was ich muss, selbst wenn es bedeutet, dass ein anderer die Frau meiner Liebe bekommt.

»Der Herr segne dich, meine Tochter!« Seine Stimme war belegt. Er war froh, dass es so dunkel war, dass sie seine erstaunte Sehnsucht nicht sehen konnte. Ob sie begriff, was für ein Geschenk sie ihm machte, indem sie so zu ihm kam? Sein Kopf schwirrte. Vor Jahren hatte er seine Hoffnung, je eine eigene Familie zu haben, begraben. Gott war Gott, und aus irgendeinem Grund hatte er beschlossen, ihn nicht mit einer Frau zu segnen. Aber jetzt, hier mitten in dieser Nacht, war Ruth da und fachte mit ein paar geflüsterten Worten seine Hoffnung auf eine Frau und Kinder wieder an. Er versuchte, ruhig zu werden und nachzudenken. Was waren ihre Motive? Bestimmt tat sie dies für Noomi!

»Jetzt sehe ich noch mehr, wie sehr du deine Schwiegermutter und ihre Familie liebst! Du bist nicht jüngeren Männern nachgelaufen, weder den reichen noch den armen.«

»Und du hast mir mehr Freundlichkeit erzeigt als sonst jemand, Boas. Wirst du dein Gewand über mich breiten?«

Er hörte das Zittern in ihrer Stimme. Er wollte sie an sich ziehen, sie seiner Liebe vergewissern. Dass sie seine Liebe erwiderte – es war mehr, als er je zu hoffen gewagt hatte. Seit er sie das erste Mal gesehen hatte, war sie in seinem Herzen gewesen. Er wollte nichts lieber, als sie zu seiner Frau nehmen – aber war dies Gottes Wille?

»Mache dir keine Sorgen, meine Tochter. Ich werde tun, was recht ist, denn jeder in dieser Stadt weiß, dass du eine ehrenwerte Frau bist.« *Niemand weiß es mehr als ich*, hätte er am liebsten hinzugefügt. »Aber es gibt da ein Problem.«

»Ein Problem?« Ihre Stimme zitterte noch mehr.

»Es stimmt, dass ich einer deiner Löser bin. Aber es gibt noch einen anderen Löser, der näher mit dir verwandt ist als ich.«

»Ein anderer?«

Die Enttäuschung in ihrer Stimme war unverkennbar. Sie rutschte näher, und seine Hand streifte ihr Bein. Sie zog es schnell zurück, aber sein Körper hatte bereits Feuer gefangen. Die Macht seiner Gefühle für sie wollte ihn mit sich reißen. Er staunte; war er doch noch nicht so alt? Er schaute in die Nacht hinaus. Hatte jemand sie sprechen gehört? Was, wenn einer sie hier entdeckte? Seine Gedanken flogen unwillkürlich zu den Vorteilen hin, die ihm dies bringen konnte. Der andere Verwandte hätte Anlass, Ruths Reinheit in Zweifel zu ziehen, worauf er seine Pflicht ihr gegenüber verweigern könnte ... Aber die ganze Stadt würde natürlich vor Klatsch und Spekulationen über das, was in dieser Nacht vorgefallen war, explodieren. Das Gerede würde sich erst nach Jahren beruhigen.

Nein, so sehr Boas sie selber zur Frau haben wollte, dies durfte er ihr nicht zumuten. Wie würde er vor Gott dastehen? Würde er ihr in die Augen sehen können, wenn er sie in das Gerede der Leute brachte, weil er nicht strikt das Rechte getan hatte? Nein! Er musste ihre Ehre schützen, auch wenn dies bedeutete, dass er sie einem anderen überließ. Sein Herz wurde schwer bei dem Gedanken. Er biss die Zähne zusammen, kämpfte an gegen seine Sehnsucht, sie selber zur Frau zu bekommen. Aber konnte er an dem Gesetz vorbei handeln? Egal, wie sehr er Ruth begehrte, er musste Gott gehorchen.

Du weißt, wie sehr ich mich nach ihr sehne, Herr! Prüfst du mich deswegen so? Oh, gib mir Kraft, nicht einfach meinen Wünschen nachzugeben. Halte mich auf deinem Weg, denn wenn ich ihn verlasse, bin ich verloren! Hilf mir, dass ich Ruth ihre Freundlichkeit recht vergelte und ihr helfe.

»Ja«, sagte er. »Es gibt noch einen anderen Verwandten, der zuerst gefragt werden muss. Bleibe jetzt hier, und morgen früh werde ich mit ihm reden. Wenn er dich lösen will, mag er dich heiraten. Aber wenn er nicht will, dann, so wahr der Herr lebt, werde ich dich zu meiner Frau nehmen! Lege dich wieder hin, und wenn es Morgen wird, dann geh. Es darf niemand wissen, dass eine Frau hier auf der Tenne war.«

Ruth legte sich wieder zu seinen Füßen. Boas spürte ihre Nähe so deutlich, dass sein Magen weh tat. Sie gab keinen Laut von sich und bewegte sich nicht. Schlief sie? Wie er sich danach sehnte, sie zu berühren, mit ihr zu reden, aber er hielt sich im Zaum.

Stattdessen betete er. *O Herr, Herr ...*

Ihm fehlten die Worte für die Gefühle, die in ihm tobten. Wie er danach hungerte, dass sie seine Frau würde. Wie viele Jahre war es her, dass er sich so gefühlt hatte? Über zwanzig mussten es sein! Damals, als er sich in Noomi verliebt hatte ...

Ruth lieben – der Gedanke ließ ihn zum ersten Mal seit Jahren bange werden.

***

Ruth wachte abrupt auf, als eine Hand ihr sanft die Haare aus der Stirn strich. »Psst.« Boas legte seinen Finger auf seine Lippen. Er war neben ihr, halb kniend, und es war hell genug, dass sie sein Lächeln sehen konnte. »Alle schlafen noch«, flüsterte er. Der Morgen graute; es war Zeit, dass sie ging, bevor einer der Knechte wach wurde und sie sah.

»Nimm dein Tuch und breite es aus«, flüsterte er. Sie folgte ihm zu dem Gerstenhaufen. »Ich kann dich nicht ohne ein Geschenk nach Hause schicken.« Er schüttete von dem Getreide in ihr Tuch, bis es über eineinhalb Scheffel waren. Dann band er das Tuch zusammen und legte ihr es auf die Schulter. »Für Noomi.«

Sie musste einmal mehr staunen über seine Großzügigkeit. Noch mehr Korn hätte sie nicht tragen können. »Danke«, flüsterte sie und sah zu ihm hoch. Ihre Blicke trafen sich, und plötzlich spürte sie, wie gleichsam eine Tür aufging. Dieser Mann sah sie nicht einfach an wie jemand, der eine Frau attraktiv findet, sondern so, als gehöre sie ihm bereits. Wie er jedes Detail ihres Gesichtes aufnahm ... Ihr Herz wurde schneller, sie blinzelte überrascht. Dieser Mann, der so viel höher und vornehmer war als sie, dieser Mann begehrte sie!

Seine Hand ging zu ihr hin, und sie atmete zitternd ein, wartete auf seine Berührung. Aber dann zog er die Hand wieder zurück, und sein Lächeln wurde fast väterlich, sein Ton eine Spur tadelnd. »Möge das geschehen, was Gott will.«

***

Sobald Ruth außer Sichtweite war, weckte Boas

Schamasch auf. »Ich gehe in die Stadt. Ich weiß nicht, wann ich wieder da sein werde.«

Schamasch stand auf. »Ist etwas passiert?«

Boas legte eine Hand auf seine Schulter. »Nichts Schlimmes, mein Freund. Nur eine dringende geschäftliche Angelegenheit, um die ich mich heute Morgen kümmern muss.«

»Das muss ja wirklich etwas Wichtiges sein. Dass du die Tenne verlässt, das gab es noch nie.«

Boas hatte keine Lust, sich weiter zu erklären. Er wollte jedes Gerücht über Ruths Besuch auf der Tenne im Keim ersticken. Am Abend dieses Tages würde sie einen Mann haben, und er würde tun, was er konnte, um dafür zu sorgen, dass *er* dieser Mann war. Ob es ihm gelang, das lag in Gottes Hand. Er drückte Schamaschs Schulter. »Bete für mich, mein Freund. Bete darum, dass ich das will, was Gott will.«

Eine rasche Falte ging über Schamaschs Gesicht. »Möge der Herr dir seine Weisheit geben«, antwortete er.

»Dein Wort in Gottes Ohr.«

Boas ging auf die Straße, die nach Bethlehem führte, sein Kopf voll von dem Plan, den er sich ausgedacht hatte.

***

Noch bevor die Sonne aufging, war Ruth zu Hause. Noomi erwartete sie. »Bist du schon aufgestanden,

Mutter? Hast du die ganze Nacht auf mich gewartet?«

»Wie hätte ich in solch einer Nacht schlafen können? Wie war es, meine Tochter?«

Ruth setzte das Tuch mit dem Korn ab und lachte tonlos. »Es ist noch nicht entschieden, Mutter. Boas hat mir gesagt, dass es noch einen anderen Löser gibt, der näher mit mir verwandt ist.« Sie schaute zur Seite; sie wollte nicht, dass Noomi sah, wie betroffen diese Nachricht sie gemacht hatte. »Aber er hat mir gesagt, ich solle mir keine Sorgen machen, er wird sich schon um alles kümmern. Er hat gesagt, wenn dieser andere Mann mich nicht will, wird er mich heiraten; er hat es bei Gott geschworen.« Sie konnte ihre Tränen nicht mehr zurückhalten. »Was wird, wenn er es nicht hinkriegt und ich diesen anderen heiraten muss? Ich weiß ja noch nicht einmal, wer das ist!«

Noomi runzelte die Stirn und klopfte sich mit den Fingern auf die Lippen.

Ruth sah sie an, sich die Tränen von den Wangen wischend. »Du hast das gewusst, nicht wahr? Du hast das mit dem anderen gewusst und mich trotzdem zu Boas geschickt?«

»Ich will, dass du den besten Mann bekommst.«

Wusste Noomi etwas über den anderen, das ihn als Ehemann unattraktiv machte? »Wer ist der andere Mann?«

»Er ist ein Mann wie alle anderen, aber nicht die Art Mann, die ich dir wünschen möchte.«

«Oh, Mutter, was bedeutet es schon, was du oder

ich wünschen? Jetzt ist es uns aus den Händen genommen.« Ruth begann heftig zu weinen. Sie wünschte sich plötzlich, nicht zu der Tenne gegangen zu sein. »Sind wir zwei nicht auch so gut zurecht gekommen? Hat Gott uns nicht jeden Tag versorgt?«

Noomi umarmte sie. »Oh, mein liebes Mädchen, hab doch keine Angst! Boas will dich!«

»Woher willst du das wissen?« Vielleicht hatte sie den Blick in seinen Augen ganz falsch gedeutet?

»Schau dir doch dies hier an! Hätte Boas dir so viel Korn mitgegeben, wenn es ihm egal wäre, wie die Sache ausgeht? Habe Geduld, Tochter, warte ab, bis wir hören, wie es gelaufen ist. Der Mann wird nicht ruhen und rasten, bis es erledigt ist.«

***

Boas ging mit schnellen Schritten durch die Straßen der Stadt zu seinem Haus. Die Diener waren bereits bei ihrer Arbeit. Es roch nach frisch gebackenem Brot. »Avisemer, bringe mir Wasser! Und Jischmael soll mir ein neues Gewand und ein Übergewand mit Schärpe holen.«

Er wusch sich sorgfältig und zog sich um. Er zog sein Gebetstuch über seinen Kopf und betete wieder, bat Gott um Weisheit und Kraft, das Rechte zu tun. Er ließ sich Zeit zum Beten und blieb in seinem Zimmer, bis die Sonne voll aufgegangen und er innerlich zur Ruhe gekommen und bereit war, alles so anzunehmen, wie Gott es führen würde.

Als er aus seinem Zimmer herauskam, standen seine Diener zusammen und unterhielten sich flüsternd. Ihre Augen waren besorgt. »Jischmael, du kannst mir ein paar Gänge abnehmen.« Boas lächelte den anderen zu. »Es ist alles in Ordnung, geht zurück an eure Arbeit.«

Sie gehorchten, aber er spürte ihre besorgte Neugierde. Sein Mund bog sich zu einem halb schuldbewussten Lächeln. Es geschah nicht jeden Tag, dass ihr Herr so am hellen Morgen in das Haus gerannt kam. Sie waren es gewohnt, dass er abends wiederkam, staubig von seiner Arbeit, und sich wusch, aß, betete und zu Bett ging. So war es jeden Tag. Aber heute ...

Er nannte Jischmael die Namen von zehn der Stadtältesten – lauter Männer, die gute Freunde von ihm und als ehrlich und rechtschaffen bekannt waren. »Bitte sie, zum Stadttor zu kommen, um mit mir zu sprechen.« Die meisten der Männer wären jetzt in der Synagoge, wo sie sich oft morgens versammelten, bevor sie die Geschäfte des Tages begannen. Einige saßen auch vielleicht schon im Tor, um Streitigkeiten zwischen den Stadtbürgern anzuhören und zu schlichten. »Und wenn du mit ihnen gesprochen hast, geh zu Noomi und der Moabiterin Ruth. Sie wohnen in ...«

»Ich weiß die Stelle, Herr.«

»Gut. Bring sie mit zum Stadttor.«

Boas ging auf den Markt, um Ruths und Noomis Verwandten zu suchen. Er kannte den Ruf des jungen Mannes mehr, als ihm lieb war, aber war entschlossen, ihn nicht nach dem Klatsch der Leute zu beurteilen. Er hatte vor, Ruths Fall auf eine Art vorzustellen, die den Charakter des Mannes prüfen würde. Er ging zwischen den Ständen hindurch, bis er ihn sah: Rischon, Sohn des Oved, des Bruders Elimelechs. Er unterhielt sich gerade mit mehreren anderen jungen Männern, während seine Frau Gerste aus einem Krug schöpfte und in den Korb einer alten Frau schüttete. Die beiden Frauen begannen zu streiten. Rischon drehte sich mit finsterer Miene zu ihnen, sagte etwas zu der Alten und machte eine ungeduldige Geste. Die Frau ließ den Kopf hängen und drehte sich um.

Boas zwang sich, ruhig zu atmen. Was er hier gesehen hatte, konnte man auch anders deuten. Er musste seinen Kopf klar behalten für das, was jetzt käme. Rischons Kinder waren alle bei seiner Frau in dem Stand. Er zählte drei; das Jüngste, noch ein Baby, lag in den Armen von Rischons verwitweter Mutter.

»Rischon!«, rief Boas. Der junge Mann drehte sich zu ihm um, und er winkte ihm. »Komm her, Freund! Ich muss mit dir reden.« Er hielt seine Stimme locker, als ob das, worüber er reden wollte, nichts weiter Wichtiges war.

Rischon trat eilig zu ihm, ein schuldbewusstes Erröten auf seinem Gesicht. »Meinst du die Frau eben? Sie will immer eine Extraportion ...«

Boas hob Schweigen gebietend seine Hand. »Ich möchte über etwas anderes mit dir reden.«

Rischon war sichtlich erleichtert. »Und was ist das?«

»Komm.« Boas hielt ihm seine Hand hin. »Wir gehen ins Tor, da ist es kühler.« Er sah das abwägende Fragen in Rischons Augen, als er sich im Schatten des Tores hinsetzte. Rischon setzte sich neben ihn. Boas rief die Namen der zehn Männer, die sich in dem Tor versammelt hatten. »Seid ihr bereit, Zeugen dessen zu sein, was wir jetzt entscheiden werden?«

Sie nickten einer nach dem anderen und setzten sich zu ihnen, um zu hören, was die beiden Männer zu besprechen hatten.

Rischon sah in die unerwartete Runde, dann schaute er wieder Boas an. »Was hast du vor, Boas?«

Boas schaute verstohlen um sich. Da stand Noomi in den Schatten. Sein Herz wurde schneller, als er hinter ihr Ruth stehen sah. Als er Noomi wieder ansah, hielt sie ihre gefalteten Hände vor ihre Brust, lächelte leicht und nickte.

»Du kennst sicher Noomi«, sagte Boas und zeigte auf sie. Rischon sah kurz zu ihr hin und nickte knapp, dann wandte er sich wieder Boas zu. »Noomi, die aus Moab zurückgekehrt ist«, sagte Boas.

»Ja, ich habe davon gehört.«

Und hast keinen Finger für sie gerührt, dachte Boas wütend. »Sie möchte das Land verkaufen, das unserem Verwandten Elimelech gehörte.« Rischons Augen wurden merklich heller; das Land war Ackerland in der besten Lage, direkt vor der Stadt. »Ich habe beschlossen, mit dir darüber zu reden, damit du es lösen kannst, wenn du möchtest. Wenn du das Land willst, dann kaufe es jetzt im Beisein dieser Zeugen.«

»Gut.« Rischon stieß einen genüsslichen Seufzer aus. »Ich löse es.«

***

So einen ansehnlichen Mann hatte Ruth noch nie gesehen. Er war viel jünger als Boas, gut gebaut, mit einer gesunden Röte in der Haut und dunklem Lockenhaar und Bart. Er trug ein feines Gewand und hatte die Art eines Mannes, der stets auf seinen Vorteil bedacht war. Der Blick, mit dem er den Kreis der Ältesten musterte, war vorsichtig-taxierend. Sein Kopf saß stolz auf seinen Schultern. Aber trotz dieser selbstsicheren Pose spürte sie ein Unbehagen in ihm, so als ob er erwartete, dass man ihm etwas vorwerfen wollte. Er strahlte Höflichkeit, aber auch Argwohn aus, und Ruth hatte den Eindruck, dass die Höflichkeit nicht aus dem Herzen, sondern nur aus dem Kopf kam.

Und wie er Noomi ansah! Oder besser: nicht ansah. Ein flüchtiger Blick und dann nichts mehr, so als ob sie ihm gänzlich egal war.

Ihr Herz sank, als Boas sagte, dass Noomi das Land ihres Mannes verkaufen wollte. Sie umklammerte den Arm ihrer Schwiegermutter, bereit, laut zu protestieren, doch Noomi flüsterte: »Boas weiß, was er tut; vertraue ihm.«

»Wenn du das Land willst, dann kaufe es jetzt im Beisein dieser Zeugen«, sagte Boas. »Aber wenn du es nicht willst, sag es mir gerade heraus, denn ich bin nach dir der nächste Löser.«

»Ich löse es, ich löse es«, sagte Rischon eifrig.

»Gut«, antwortete Boas. Ruth merkte, wie ihr die Farbe aus dem Gesicht wich. Hatte sie seine Gefühle für sie etwa doch missverstanden? Er schaute noch nicht einmal in ihre Richtung; es schien ihm egal zu sein, dass sie drauf und dran war, Rischons Eigentum zu werden.

»Es ist gutes Land«, sagte Rischon. »Es ist schade, dass es so lange brach gelegen hat.«

Boas fuhr fort. »Wenn du das Land von Noomi kaufst, musst du natürlich auch Ruth heiraten, die moabitische Witwe, damit sie Kinder bekommt, die den Namen ihres Mannes weitertragen, so dass das Land in der Familie bleibt.«

Rischons Gesicht wurde merklich länger. »Die Moabiterin?« Er machte keinen Versuch, seine Enttäuschung zu verbergen. Er sah Boas an, dann die Ältesten. Sein Mund zog sich zusammen. »Also, das ... Dann kann ich es doch nicht lösen, denn damit würde ich ja mir selber schaden, wenn das Land hinterher nicht mehr meiner Familie gehört.«

»So redet er sich raus«, flüsterte Noomi Ruth zu, ihre Stimme voll Verachtung.

Ruth fragte sich, was Rischon am meisten störte. Dass er seine Pflicht an ihr tun und Machlon einen Erben verschaffen sollte? Oder dass er es riskierte, dass ein Teil seines Besitzes an das erste Kind ging, das sie zur Welt bringen würde? Die Umstehenden begannen aufgeregt zu flüstern.

»Das wäre seiner Frau bestimmt nicht recht«, sagte einer, der in der Nähe von Ruth stand.

»Aber er hat eine Pflicht gegenüber Noomi.«

»Das Land will er schon, aber nicht, dass er es Elimelechs Familie zum Erbe zurückgeben muss.«

Rischon sah in die Runde, sichtlich unbehaglich. Er band hastig die eine seiner Sandalen los und reichte sie Boas – das traditionelle Zeichen dafür, dass man seine Rechte an jemand anderen abtrat. »Löse du das Land; ich kann es nicht. Kaufe du es.« Er erhob sich hastig und bahnte sich einen Weg durch die Menge der Neugierigen.

Noomi packte Ruths Hand. »Er hat's geschafft!« Sie lachte leise auf. »Ich wusste es doch.«

Ruth hielt den Atem an, als Boas sie ansah. Seine Miene war feierlich und respektvoll, aber in seinen dunklen Augen war ein Licht, das sie noch nie in ihnen gesehen hatte. Er schien sich zur Ordnung zu rufen, denn er blinzelte und schaute zur Seite. Rischons Sandale fest in seiner Hand haltend, sagte er zu den zehn Ältesten und zu der Menge, die sich um sie versammelt hatte: »Ihr seid meine Zeugen, dass ich heute von Noomi den gesamten Besitz Elimelechs, Kiljons und Machlons kaufe. Und zusammen mit diesem Land nehme ich Ruth, die moabitische Witwe Machlons, zu meiner Frau, damit sie einen Sohn gebären kann, der den Namen ihres verstorbenen Mannes weiterführt und den Familienbesitz hier in seiner Heimatstadt erbt. Dessen seid ihr alle Zeugen.«

Die zehn Männer erhoben sich zusammen mit Boas. Sie sahen majestätisch aus in ihren langen Gewändern, Gebetsmänteln und Gebetsriemen. »Wir sind Zeugen«, sagten sie.

»Wir sind Zeugen!«, fiel die Menge ein.

Noomi drückte Ruth nach vorne. »Geh«, flüsterte sie. Ihr Gesicht glühte. »Geh zu ihm, Kind.«

Der Älteste der Stadtältesten hielt Ruth seine Hand hin. Die Menge teilte sich, um sie durchzulassen, und sie legte ihre Hand in die seine. Boas stellte sich auf die andere Seite des Ältesten. Der lächelte Boas an, dann neigte er seinen Kopf zu Ruth hin. »Möge der Herr diese Frau, die jetzt in dein Haus kommt, wie Rahel und Lea machen, von denen alle Stämme Israels kommen!« Er zog Ruth zu Boas hin, der ihr seine Hand hinstreckte. Sie spürte, wie ihre Hand in die seine glitt und seine Finger sich warm um sie legten. Der Älteste legte seine Hände über die verschränkten Hände des Paares und fuhr fort: »Mögest du groß werden in Efrata und berühmt in Bethlehem. Und möge der Herr dir durch diese junge Frau Nachkommen geben, die wie die unseres Vorfahren Perez sind, des Sohnes Tamars und Judas.«

Der Diener, der sie und Noomi geholt hatte, drückte sich hastig durch die Menge und rannte die Straße hinab. Männer und Frauen riefen Segenswünsche für Ruth und Boas und drängten sich um sie. Die Männer klopften Boas begeistert auf den Rücken, die Frauen umarmten Ruth und beglückwünschten sie. Boas lachte und redete mit allen, Noomi sprach aufgeregt gestikulierend mit ihren Freundinnen. Ruth wusste nicht, ob sie wachte oder träumte. Boas' Hand war fest um die ihre geschlossen. Er begann, mit ihr in die Stadt hineinzugehen, die Menge hinterher. Ruth, die Wangen leuchtend, das Herz galoppierend, sah sich um. Wo war Noomi? Kam sie mit ihnen?

»Ruth!« Noomi schob sich durch den Strom der Gratulanten, begleitet von mehreren anderen Frauen. »Jetzt müssen wir die Hochzeit vorbereiten!« Sie umarmte Ruth und zog sie auf die Seite, während sie Boas neckisch auf die Hand klopfte. »Deine Braut wird heute Abend für dich bereit sein.« Und ehe Ruth es sich versah, führten Noomi, deren Freundinnen und Boas' Mägde sie fort. Alle redeten sie durcheinander, dass Ruth kaum Atem holen konnte.

Sie brachten sie in das Haus der Abigail, einer Kindheitsfreundin Noomis. In einem der inneren Gemächer zogen sie ihr ihr zerschlissenes Kleid aus, wuschen sie und rieben sie mit Duftölen ein. Sie bürsteten ihr taillenlanges Haar, bis es glänzte.

Eine junge Dienerin kam und wollte Noomi sprechen. »Boas hat Geschenke für Ruth geschickt.« Noomi ging aus dem Zimmer und kam kurz darauf mit einem schön geschnitzten, mit Elfenbein verzierten Kästchen wieder. »Da, schau!« Sie öffnete es und hielt es Ruth hin. »Juwelen! So viel bist du ihm wert.« Sie holte eine Halskette heraus, die mit rotem Sarder, grünen Smaragden, Saphiren und Diamanten besetzt war. »Und deine Hochzeitskleider hat er auch geschickt.«

Noomi reichte Abigail das Kästchen und half Ruth beim Anziehen. »Du wirst wie eine Königin aussehen.« Als das lange weiße Untergewand über ihren Kopf glitt, seufzte Ruth genüsslich; noch nie im Leben hatte sie etwas so Weiches gefühlt. Dann kam ein bunt besticktes Obergewand und eine aus feinstem goldfarbenem, blauem und purpurnem Leinen gewobene Schärpe. Dann Armreife und Ohrringe mit Steinen in allen Farben des Regenbogens und eine mit goldenen Ketten verzierte Brautkrone.

Eine der Mägde Abigails flocht die Edelsteine, die Boas geschickt hatte, in Ruths Haar ein. Zum Schluss legten sie ihr einen durchsichtigen Schleier um, der mit Trauben-, Weinranken- und Weizengarbenmotiven bestickt war; er war federleicht und reichte ihr bis zu den Knien.

Noomi nahm Ruths Hand und küsste sie. »Bald kommen die Männer.« Ihre Augen waren tränennass. »Ich freue mich ja so für dich.«

Ruth nahm Noomis Hand in ihre beiden. »Für uns beide.«

Noomi streichelte ihre Wange. »Habe keine Angst vor ihm, Kind. Ich hätte dich nicht zu ihm geschickt, wenn ich nicht überzeugt wäre, dass er dich glücklich machen kann.«

Plötzliche Tränen traten in Ruths Augen. »Aber werde *ich ihn* glücklich machen?«

»Hast du nicht sein Gesicht gesehen, als Rischon ihm seine Sandale reichte? Gold und Silber hätten ihm nicht so viel gefallen können. Du bist sein Schatz, meine Tochter, ein Geschenk von Gott.«

Ruth neigte ihren Kopf und schloss die Augen, tief bewegt von Noomis Worten. Konnte es sein, dass Boas sie so sehr liebte? Ein solcher Mann verdiente es, wiedergeliebt zu werden. Aber wäre sie fähig, ihm das zu geben, wonach er sich mehr sehnen musste als nach allem anderen? Würde ihr Herz sich ihm öffnen, wie es sich Machlon geöffnet hatte? Würde sie unter seiner Berührung erzittern? Würde ihr Herz schneller schlagen, wenn sie ihn sah? Sie bewunderte Boas, sie hatte große Achtung vor ihm. Aber Liebe? Könnte sie ihm ihr Herz und ihren Leib wirklich hingeben, ohne etwas zurückzuhalten? Würde sie so auf ihn eingehen können, dass es ihm Freude brachte? Oder würde sie ihn nur als einen gütigen Vater sehen oder als einen älteren Bruder?

O Herr, Gott. Ich will nicht, dass Boas' Herz schwer wird. Bitte mache mich zu der Frau, die er braucht. Ich habe seine ganze Liebe zu dir gesehen. Bitte fülle mich mit ganzer Liebe zu ihm! Mache mich zu einer Frau, die seine Krone und Zierde ist. Lieber will ich sterben, als diesem Mann wehtun!

Sie spürte Noomis Hand auf ihrem Kopf, leicht und beruhigend, und hörte, wie sie leise, aber inbrünstig flüsterte: »O Gott Israels, stille du die

Ängste meiner Tochter. Sie gehört dir wie auch ich. Bitte segne Ruth für ihre Liebe, die sie mir erzeigt hat. Und wenn dies nicht zu viel verlangt ist, dann schenke ihr eine Liebe zu Boas ins Herz, die noch größer ist als die, die sie zu Machlon hatte ...« Ihre Stimme brach leise. »... meinem Sohn.« Sie küsste Ruth auf den Kopf.

***

Noch nie in seinem Leben war Boas so nervös gewesen. Er versuchte wacker, es zu verbergen, aber die Blicke seiner Diener sagten ihm, dass es ihm nicht gelang. Er kapitulierte lachend. »Ich kann noch nicht mal die Schärpe zusammenbinden!«

Schamasch trat vor. »Wenn du erlaubst, Herr?« Boas ließ die Schärpe dankbar fahren und seufzte erleichtert, als sein Aufseher sie festband. Ein anderer Diener hielt ihm einen weißen Umhang mit purpurnen, roten und blauen Stickereien hin. Boas brachte die Goldbroschen an, die, durch eine goldene Kette verbunden, den Umhang zusammenhielten. Als Letztes setzte man ihm eine mit Juwelen besetzte goldene Krone auf den Kopf.

Seine Freunde kamen, das Haus wurde voll. Man pries die Braut und witzelte über den Bräutigam: »Das war aber auch Zeit, dass du dir endlich eine Frau nahmst, Boas!« – »Einen Verwandten hat er ausgetrickst, um sie zu kriegen!« – »Ruth ist ein Juwel von einer Frau, mein Freund.« – »Sie wird dein

Haus mit Kindern füllen.« – »Dass so ein hübsches Ding so einen alten Kerl heiraten muss!«

Boas lachte mit, aber er war nicht so selbstsicher wie er klang. Wie sah Ruth ihn überhaupt? Er war nicht jung und nie besonders schön gewesen. Was hatte er einer so prächtigen jungen Frau denn zu bieten? Die Zweifel nagten in seinem Hinterkopf.

»Runzele nicht so die Stirn«, sagte Schamasch. »Du machst dem armen Mädchen ja Angst.«

Boas zwang sich zu einem Lächeln. Sein Haus floss über vor Freunden, darunter die wichtigsten Männer der Stadt. Er hatte alles auf das Genaueste arrangiert, sogar für Festkleider für die ärmeren Gäste war gesorgt. Alles war bereit – bis auf ihn.

»Was ist, Boas?«, sagte Schamasch.

Boas hatte Schamasch als seinen Zeremonienmeister gewählt. Schamasch hatte sich in vielen Jahren als treuer Freund erwiesen. Boas zog ihn beiseite und beichtete ihm seine Ängste. »Ich habe sie ja schier gezwungen, mich zu nehmen. Was habe ich mir da eingebildet? Sie hätte etwas Besseres verdient gehabt als ...«

»Etwas Besseres? Es gibt nichts Besseres! Reicht es nicht, dass das Mädchen dich achtet?«

»Ich möchte Ruth mehr bieten.«

Schamasch lächelte trocken. »Viele Männer beginnen mit weniger. Und im Übrigen ist es jetzt zu spät. Du *bist* bereits ihr Mann, alle im Tor waren Zeugen eures Ehebundes. Und jetzt ist es Zeit, dass du deine Braut holst, es wird schon dunkel.« Seine

Augen waren voll Mitgefühl. »Ruth ist eine weise junge Frau, Boas. Ich glaube, du wirst angenehm überrascht sein, was für eine Zukunft Gott für euch beide bereit hat.«

Boas lachte nervös. »Angenehm überrascht bin ich bereits, mein Freund. Ich hätte nie gedacht, dass ich eine Frau bekomme – und dann noch so eine!«

Bevor er ging, vergewisserte Boas sich, dass alles vorbereitet war. Der Baldachin war aufgestellt und mit Blumen und grünen Zweigen geschmückt und mit Sitzkissen versehen. Der Duft von gebratenem Fleisch, frisch gebackenem Brot, Gewürzen und Blumen durchzog das Haus. Auf dem Fußboden lagen Webteppiche. Die Tabletts waren bereits mit allen Köstlichkeiten beladen und warteten nur noch auf die Gäste. Boas zählte die großen Krüge, die an der hinteren Wand standen. »Haben wir genug Wein?«

»Genug, mein Herr«, antwortete Schamasch. »Und vom besten Jahrgang!«

Boas fragte nicht nach dem Brautgemach. Seine Mägde hatten es vorbereitet.

Schamasch trat näher zu ihm. »Alles ist bereit, Boas. Wenn du noch länger wartest, denkt Ruth womöglich, du hast es dir anders überlegt.«

Boas trat hinaus auf die Straße, seine Freunde in einer langen Prozession hinterher. Die Hochzeitsgesellschaft zog durch die Straßen von Bethlehem. Man sang, einige spielten Flöten, Lauten und Leiern, andere tanzten.

Als Boas das Haus Abigails erreichte, brauchte er nicht zu klopfen. Schon ging die Tür auf und Noomi stand vor ihm, ihr Gesicht verwandelt. Seit sie aus Moab zurückgekommen war, hatte er sie nicht lächeln gesehen. Fast sah sie wieder jung aus, und er musste daran denken, wie er sie einst zu seiner Frau hatte haben wollen. »Ich möchte meine Braut holen«, sagte er. Sein Herz wollte stillstehen, als er an Noomi vorbei sah und die festlich gekleideten Brautjungfern erblickte und in ihrer Mitte Ruth in ihrem Schleier. Er brachte kein Wort hervor. Er streckte ihr seine Hand entgegen, und Ruth nahm sie. Er spürte, wie ihre Finger zitterten, als er sie neben sich zog. Er wünschte, er könnte den Schleier heben und ihr in die Augen sehen, um zu wissen, was in ihr vorging.

Und schon kehrte der Hochzeitszug, jetzt verstärkt durch die Frauen, um, zurück durch die dunklen Straßen der Stadt. Einige der Männer trugen Fackeln. Die Frauen spielten auf Tamburinen und kleinen Handtrommeln, schwangen Zimbeln und Glocken und sangen mit den Männern. Viele trugen Öllampen, um den Weg zu erleuchten.

Als Boas sein Haus betrat, hob er seinen Hochzeitsumhang hoch und hielt ihn über Ruth, während er sie auf die Kissen unter dem Baldachin zog. Er stellte erfreut fest, dass sie genau wusste, was sie zu tun hatte. Er ging mehrere Male mit ihr im Kreis herum, um allen Zeugen zu zeigen, dass sie unter der Decke der Ehe war. Als er anhielt, nahm Ruth ohne Zögern ihren Schleier ab und legte ihn über seine

Schulter, wie die Sitte es vorschrieb. Die Gäste riefen: »Die Herrschaft liegt auf seiner Schulter!« Noomi lächelte voller Stolz.

Ruth setzte sich neben Boas auf eines der Kissen unter dem Baldachin. »Ich habe dich noch nie so schön gesehen, Ruth«, sagte er.

Sie sah zu ihm hoch, und er lächelte. Er sah fasziniert zu, wie die Röte in ihre Wangen stieg. »Ich dich auch nicht«, sagte sie und senkte ihren Kopf wieder.

Er lachte leise. »Ich brauchte dringend ein neues Gefieder.«

Sie nahm seine Hand in ihre beiden. Die Wärme der Berührung stieg seinen Arm hoch und durch seinen ganzen Körper. »Möge Gott dich für deine Freundlichkeit und Güte zu mir segnen.«

Ein Kloß kam in seinen Hals. »Das hat er bereits getan.«

***

Als die Feier vorbei war und sie allein in dem Brautgemach standen, kam Boas sich wie ein grüner Junge vor. Er wusste nicht, was er sagen sollte. Er wollte Ruth beruhigen, aber wie sollte das zugehen, wenn er so nervös war wie noch nie in seinem Leben? Er wünschte sich plötzlich, einen seiner verheirateten Freunde ausgefragt zu haben, wie man sich in der Hochzeitsnacht benahm. Aber er hatte ja keine Zeit gehabt! Er begann durch den Raum zu gehen und blieb wieder stehen. Er fuhr sich mit den Fingern durch seinen Bart, dann rief er sich zur Ordnung und ließ die Hand fallen. Gut, dass Ruth sich gerade umgedreht hatte und ihn nicht sah.

Als sie das bestickte Obergewand auszog, spürte er, wie heftig er sie begehrte. Es erschreckte ihn. »Wir können noch warten, Ruth.«

»Wir müssen tun, was die Sitte verlangt.«

War es Resignation oder Hingabe, was er in ihrer Stimme hörte? »Wir können noch warten«, wiederholte er.

Sie sah sich kurz um, runzelte etwas die Stirn, drehte sich zurück zu ihm und schaute ihn fest an. Einen langen Augenblick sagte sie nichts, ihre rehbraunen Augen musterten sein Gesicht. Er wollte sich verstecken vor diesem Blick, aber tat es nicht. Dann kam sie zu ihm, und mit jedem Schritt, den sie machte, wurde der Schmerz in seiner Brust heftiger. Er kam sich offener, hilfloser vor als damals, als er um Noomis Hand angehalten hatte, denn sie hatte er nicht so tief geliebt, wie er diese junge Frau liebte.

Sie nahm seine Hand. Er suchte vergeblich nach Worten. Sie küsste seine Hand und legte sie an ihre Wange. Er stand wie angewurzelt da.

»Wir brauchen nicht zu warten, mein Ehemann«, sagte sie leise. »Ich bin freiwillig zu dir gekommen.«

»Noomi hat dich doch geschickt.«

Sie sah ihn ernst an und suchte in seinen Augen. Ihre eigenen blickten merkwürdig verschwommen. »Ich habe ihr aus freien Stücken gehorcht. Ich hoffte so, du würdest mich annehmen – aber ich habe es nicht zu glauben gewagt.«

Er atmete heftig aus. »Ich habe auch gehofft ... aber ich kann's immer noch nicht glauben ...« Er konnte nicht weiterreden. Dieses Mädchen konnte ihn mit einem Wort vernichten.

Ihre Augen schimmerten feucht. Sie umschlang sein Gesicht. »Damit du weißt, dass ich dir gehöre, mein Herr.« Sie zog seinen Kopf zu sich und küsste ihn.

***

Und die Frauen sagten ...

»Es war auch Zeit, dass Boas sich eine Frau nahm.«

»Und so ein liebes Mädchen.«

»Ich habe nie eine erlebt, die ihre Schwiegermutter so liebt.«

»So eine Schwiegertochter möchte ich auch haben!«

»Ruth ist besser als ein Sohn.«

»Und ob! Wenn ein Sohn heiratet, vergisst er seine arme alte Mutter glatt.«

»Jetzt kann Noomi in Ruhe alt werden.«

»So möchte ich's auch haben!«

»Um so ein Mädchen für meinen Sohn habe ich dauernd gebetet, aber er interessiert sich ja nur dafür, wie die Frauen aussehen.«

»Wie schade wäre es, wenn Boas Ruth nicht echt liebt.«

»In einer Muss-Ehe bleibt das Bett kalt.«

»Möge Gott die beiden rundherum glücklich machen.«

Die Frauen fanden, dass das ein guter Wunsch war, und gingen nach Hause zu ihren Lieben.

***

Und die Männer sagten ...

»Ich habe es Boas gleich angemerkt, dass es etwas Wichtiges war. Er hatte es richtig eilig, dort im Stadttor.«

»Rischon hat keine Chance gehabt, ja.«

»Er hatte alle Chancen der Welt! Er wollte halt nur das Land und nicht die Verantwortung!«

»Nicht so schnell mit den Steinen! Rischons Frau hat ihm drei Töchter geboren. Wärst *du* bereit, deinen erstgeborenen Sohn für das Erbe eines anderen Mannes aufzugeben? Und was, wenn seine Frau ihm keine Söhne gebiert? Was dann?«

»Aber seine Pflicht gegenüber Noomi und Ruth hat er jedenfalls nicht erfüllt.«

»Sie ist ein feines Mädchen.«

»Möge Gott ihr viele Söhne geben.«

»Boas ist die ganzen Jahre Junggeselle gewesen. Der wird sich umgewöhnen müssen!«

»Ich würde mich gerne umgewöhnen!«

Gelächter.

»Sie ist sehr jung. In seinem Alter mag ich ihm ein gebrochenes Herz gar nicht gönnen.«

»Spar dir deine Ängste! Ruth ist jung, aber sie hat bewiesen, dass sie Charakter hat.«

»Ihren Charakter glaube ich ihr gerne. Ich bete nur darum, dass sie ihn so liebt wie er sie.«

»Möge der Gott Israels ihr Herz warm machen für unseren Freund.«

Kapitel 5

Neun Monate nach der Hochzeit brachte Ruth ihr Kind zur Welt. Sie ließ sich erschöpft auf das Bett sinken und sah zu, wie Noomi den Knaben nahm und wusch, mit Salz abrieb und in seine ersten Windeln wickelte. »Er ist so schön«, weinte Noomi. »So schön.« Sie trug ihn aus dem Raum, und Ruth drehte ihr Gesicht zur Wand hin; stumme Tränen liefen ihr über die Wangen.

Als Boas zu ihr kam, war sie schon aufgestanden, hatte sich angezogen und saß in der Tür, die zum Garten ging und schaute zu, wie Noomi mit dem Kind umherging. Boas nahm sich einen Schemel und setzte sich neben sie. »Jetzt werden sie Noomi nicht mehr Mara nennen«, sagte er.

Ruth sah ihn an. Auch er schaute in den Garten hinaus, aber sie konnte den Ausdruck auf seinem Gesicht nicht deuten. »Danke«, sagte sie leise.

Er sah sie nicht an. »Danke mir nicht dafür, dass ich das getan habe, was recht war.« Seine Stimme war belegt.

»Du hast deinen erstgeborenen Sohn gegeben, damit er der Erbe eines anderen Mannes sein kann.«

»Dies ist unsere Sitte, Ruth.«

»Nein. Es war nicht Rischons Sitte. Es ist deine, Boas. Du hast andere vor dich selber gestellt.«

Er sah sie an. »Lobe mich nicht zu sehr, Ruth.

In mir kämpfen Pflicht und Verlangen.« Er schaute zur Seite. »Ich bin ein Mann wie alle anderen auch.«

Sie blinzelte ihre Tränen zurück. Sie wollte laut rufen, dass er nicht so war wie andere Männer. Selbst Machlon, den sie so geliebt hatte, hätte nicht das getan, was Boas getan hatte.

»Möchtest du ihn Machlon nennen?«, fragte Boas leise, den Blick weiter auf Noomi gerichtet, die unter einem Olivenbaum auf einer Steinbank saß.

»Nein, er soll Obed heißen.« *Obed* – »Diener«.

»Gut, so sei es. Jetzt braucht Noomi keine Angst mehr zu haben, in ihrem Alter allein zu sein.«

»Und du auch nicht.«

Boas erhob sich. Er strich ihr über den Kopf und ging. Sie blieb sitzen und sah weiter Noomi und dem Kind zu.

Sie behielt das Kind nachts bei sich und stand alle paar Stunden auf, um es zu stillen. Sie genoss diese Stunden, wenn die Stille der Nacht sie umschloss und sie ihren Sohn hielt und spürte, wie er an ihrer Brust zog. Sie streichelte seine weiche Wange und ließ seine kleinen Finger sich um ihren großen schließen. Die Tränen wollten ihr kommen. Wenn sie ihn fertig gestillt hatte, legte sie ihn dicht neben sich auf das Bett. Morgens kam Noomi in ihr Zimmer, beugte sich zu ihr, um sie zu küssen, und nahm Obed aus ihren Armen, um ihn für den Tag zu sich zu nehmen; nur zum Stillen gab sie ihn an Ruth zurück.

***

»Nie mehr wird man mich Mara nennen.« Noomi lachte über die Grimassen, die Obed schnitt. »Nie mehr.«

»Was für ein schönes Kind!«, riefen die anderen Frauen aus. Das erste Lächeln, der erste Zahn – jede kleine Neuigkeit begrüßten sie mit Begeisterung, ständig kamen sie auf Besuch.

»Preis dem Herrn, der dir einen Löser geschenkt hat!«

»Möge er groß und berühmt werden in Israel!«

»Möge dieses Kind dich wieder jung machen und für dich sorgen, wenn du alt wirst.«

»Das wird er bestimmt tun, er ist doch der Sohn deiner Schwiegertochter, die dich so sehr liebt.«

»Ruth ist mehr wert für dich als sieben Söhne!«

Ja, Ruth – ihre liebe Ruth. Noomi hob den Kleinen lächelnd auf ihre Schulter und rieb ihm über den Rücken. Sie mochte es, wie er sich an ihren Hals drückte. Wann war sie je glücklicher gewesen als jetzt, mit diesem Kind in den Armen? Gott hatte ihr alles genommen – und jetzt baute er ihr Haus neu, auf sicherem, felsigem Grund. Dieses Kind, das geboren war, um ihr den Mann und die Söhne zu ersetzen, würde von Boas erzogen werden, einem Mann des Glaubens, der das Gesetz mit Eifer und Leidenschaft studierte, einem Mann, der im Stadttor saß und die Menschen mit Weisheit und Liebe richtete.

»O kleiner Mann«, sagte sie und küsste Obed auf seine samtene Haut. »Mögest du so werden wie dein Vater, wenn du groß bist.« Sie drehte sich um und sah Ruth in der Tür stehen, Muttersehnsucht in den Augen. Ein Stich fuhr durch Noomi. Dieses Geschenk, das Ruth ihr so bereitwillig gegeben hatte – hatte sie je bedacht, was es sie kostete? Was es Boas kostete? Ihre Schwiegertochter lächelte und wandte sich einer Arbeit im Haus zu. Noomi legte Obed wieder auf ihre Schulter, ihre Stirn leicht gerunzelt.

Etwas fehlte. Noomi wusste, was es war, aber sie konnte nichts ändern daran. Und so betete und betete sie. Um das, was allein Gott den beiden geben konnte, die so viel aufgegeben hatten.

***

Boas' großer Haushalt erforderte Ruths ganzen Einsatz, aber sie war dankbar für all die Arbeit, die sie so beschäftigt hielt. Boas ermutigte sie, alle Entscheidungen selber zu treffen, und oft fragte sie Noomi um Rat. Nach und nach wuchs sie hinein in die Rolle der Ehefrau eines der führenden Männer Bethlehems. Sie lernte es, Pflichten an die Diener abzugeben, anstatt zu versuchen, alles selber zu machen. Sie lobte ihre Arbeit, dankbar, dass sie sich solche Mühe gaben. Sie schienen begierig zu sein, es ihr recht zu machen, und sie war nicht weniger auf das Wohl der Diener bedacht. Schon vor Sonnenaufgang stand sie auf, um das Frühstück zu richten und die

Arbeiten für den Tag zu verteilen. Sie achtete auf die besten Angebote auf dem Markt und war freigebig, wo Menschen in Not waren. Nicht einem in ihrem Haus fehlte etwas. Ihre Hände waren stets offen, denn alles, was Boas berührte, schien sich zu vervielfachen.

Als vor nun fast zwei Jahren Boas sie als seine Braut aus dem Hause Abigails geholt hatte, hatte sie Angst gehabt, sie würde ihn enttäuschen und es nicht schaffen, ihn so zu lieben, wie er es verdiente. Das hatte sich gründlich geändert, als er ihr in der Hochzeitsnacht so behutsam und achtungsvoll begegnet war. Wer konnte einen solchen Mann nicht lieben? Im Laufe der Monate waren ihre Gefühle immer tiefer geworden, bis ein Wunder geschehen war: Sie, die gedacht hatte, sie würde nie wieder lieben können, war so in Boas verliebt, dass sie sich in Erinnerung rufen musste, dass er sie ja nur geheiratet hatte, um einen Sohn für ihren ersten Mann zu zeugen.

Viele Stunden verbrachte sie damit, zusammen mit Noomi Flachs zu hecheln, aus dem sie Kleider für die Armen nähen konnten, während Obed auf dem Fußboden saß und spielte. Sie lachten über seine Possen; er war so ein fröhliches, glückliches Kind. Er hielt sie beide voll beschäftigt, als er zu kriechen und dann zu laufen begann und alles und jedes anfassen musste. Manchmal kam Boas und sah seinem Spiel zu, aber auf die Arme nahm er ihn nur, wenn Noomi ihn ihm gab. Es war gerade, als warte Boas auf die Erlaubnis, seinen eigenen Sohn halten zu dürfen.

Trotz all ihrer Geschäftigkeit verspürte Ruth tief drinnen eine vage Unruhe und schmerzliche Einsamkeit. Fast zwei Jahre nach der Hochzeit wusste sie immer noch nicht mehr über das, was Boas im Innersten bewegte, als an dem Tag, als sie ihn zum ersten Mal in dem Gerstenfeld gesehen hatte. Er war ihr Mann, und doch schien er sich für sich zu halten.

»Ich glaube nicht, dass er glücklich ist«, sagte sie eines Tages zu Noomi, als diese beiläufig erwähnte, wie viel Zeit Boas mit den anderen Stadtältesten im Stadttor verbrachte.

»Wie kommst du darauf?«, fragte Noomi.

»Er steht noch vor mir auf, betet alleine im Garten und geht dann für den Rest des Tages fort. Er verbringt mehr Zeit unter den anderen Männern als in seinem eigenen Haus, Mutter. Manchmal frage ich mich ...«

»Was fragst du dich?«

»Ob er mir aus dem Weg geht.«

Noomi stand hastig auf, um Obed hochzunehmen, bevor er ein großes Bündel Flachs umwerfen konnte. Sie schimpfte ihn lachend aus, dann wandte sie sich wieder Ruth zu. »Hast du schon mal mit Boas darüber geredet?«

»Wie kann ich so etwas wagen, Mutter? Darf ich noch mehr erwarten, nachdem er so viel für uns getan hat?« Sie beugte sich über das Leinentuch, das sie gerade webte. Hoffentlich hatte sie jetzt nicht zu viel gesagt. Das Letzte, was sie wollte, war, ihrer Mutter wehzutun, indem sie zugab, wie sehr sie ihren Mann liebte. Noomi durfte nicht den Eindruck bekommen, dass sie ihrem lieben Machlon untreu geworden war.

Noomi lächelte leicht, Obed auf ihrer Hüfte balancierend. »Es hat sich etwas geändert, nicht wahr?«

»Geändert?«

»Du bist zu Boas gegangen, damit er dir einen Sohn und Erben Machlons zeugen würde. Du bist zu Boas gegangen, damit ich ein Dach über meinem Kopf bekam. Du bist gegangen, weil ich dich schickte.«

»Ich bin freiwillig zu ihm gegangen.« Ruths Mund zitterte. Sie wollte nicht, dass ihre Schwiegermutter dachte, dass sie aus lauter Selbstlosigkeit gehandelt hatte. Wenn sie Boas nicht bewundert hätte, hätte sie sich ihm nicht so bereitwillig angeboten. Sie presste ihre Lippen zusammen. »Du weißt doch, wie sehr ich Machlon geliebt habe, Mutter.«

Noomi sah einen Augenblick nachdenklich aus, dann wurden ihre Augen plötzlich groß. »Ach so – ja.« Sie setzte Obed ab, kam zu Ruth und setzte sich neben sie. »Du warst meinem Sohn eine wunderbare Frau, das weiß ich besser als jeder andere.«

Ruth hielt ihre Hände im Schoß gefaltet; sie zitterten. »Ich will dir nicht wehtun.«

Noomi legte ihre Hände über die Ruths. »Willst du mir sagen, dass du Boas liebst? Ich würde das nie als Treulosigkeit gegenüber meinem Sohn sehen, sondern als eine Gebetserhörung!«

»Wirklich?« Ruth musterte Noomis Gesicht. Es war kein Schmerz darin.

Noomi nahm ihr Gesicht in die Hände. »O Ruth, ich liebe dich wie eine Tochter von meinem eigenen Fleisch. Ich will, dass du glücklich wirst. Und Boas ist ein guter Mann. Ein sehr guter Mann.«

Ruths Lächeln war zittrig. »Ja, ein wunderbarer Mann.« Sie brauchte also keine Schuldgefühle zu haben, aber das änderte ihr Dilemma nicht. »Aber ich habe den Eindruck, dass er mich nur geheiratet hat, um seine Pflicht als unser Verwandter zu erfüllen.«

»Ich glaube, da liegst du falsch. Boas liebt dich. Habe ich dir das nicht schon gesagt, bevor ich dich zu ihm schickte?«

»Er guckt mich kaum an. Er hat mich nicht mehr berührt, seit ...« Sie schüttelte den Kopf, schluckte heftig und fuhr fort: »Boas hat halt seine Pflicht und Schuldigkeit als unser Verwandter getan, Mutter.«

»Ach so«, sagte Noomi. Ihr Blick zeigte, dass sie verstand.

Ruth schaute zur Seite. Was würde aus Boas' Erbe? Wenn er ohne weitere Söhne starb, würde all sein Besitz, zusätzlich zu dem Machlons, an Obed gehen. Aber ein so guter und liebevoller Mann wie Boas hatte Söhne verdient, die seinen eigenen Namen weitertrugen!

Auf hundert Arten entzog er sich ihr, und sie wollte ihn doch so gerne kennen lernen, wollte seine Gedanken, seinen Schmerz, seine Kämpfe, seine Hoffnung teilen. Aber er schien sich ganz in seine Arbeit zurückzuziehen, in seine Pflichten an den Bürgern von Bethlehem, seinen Dienst für Gott –

in alles Mögliche, das ihn von seinem Haus und seiner Frau fernhielt. Aber durfte sie sich darüber beklagen? Er tat doch so viel Gutes, nicht zuletzt an ihr und Noomi. Er gab alles, was er hatte, für sie und Noomi und erwartete nichts dafür. Noch nicht einmal ihre Liebe.

Ruth kam sich wie eine Gefangene des Schweigens vor. Sie war so durcheinander, ein Schlachtfeld einander widerstrebender Gefühle. Diese innere Ungewissheit, sie hatte sie nicht gehabt, als sie Moab verlassen hatte. Sie war in der Erwartung nach Bethlehem gekommen, für den Rest ihres Lebens für ihre geliebte Schwiegermutter zu sorgen. Und dann hatte Gott sie unter den Schutz seiner mächtigen Flügel genommen und ihr Boas und seine Güte geschenkt. Dass sie, die Niedrigste der Niedrigen in Bethlehem, eine Fremde, vor aller Augen so erhöht und die Frau des freundlichsten, großherzigsten, gerechtesten Mannes der Stadt geworden war – sie konnte es immer noch nicht fassen. Täglich dankte sie Gott für diesen Segen, den er über sie ausgeschüttet und den sie doch so gar nicht verdient hatte.

Aber warum dann dieser Schmerz? Wie konnte sie es wagen, noch mehr zu verlangen? Und doch ... wie sie sich danach sehnte, ihren Mann glücklich zu machen!

O Boas, mein Boas!

Den ganzen Tag wartete sie darauf, dass er nach Hause kam. Sie zerschmolz innerlich, wenn er sie anlächelte, selbst wenn es nur ein väterliches Lächeln war. Der Klang seiner Stimme ließ ihr Herz singen, und wenn seine Hand sie berührte, zitterte sie.

Aber Boas war immer weniger zu Hause. Und sie konnte sich nur einen Grund dafür vorstellen: Er konnte ihre Gefühle nicht erwidern und fühlte sich unbehaglich in ihrer Gesellschaft. Denn er musste es doch spüren, wie sehr sie ihn liebte.

Sie hatte darum gebetet, dass sie ihre Erfüllung darin finden würde, den Rest ihres Lebens am Rande der Welt ihres Mannes zu verbringen, zufrieden in seiner Zufriedenheit. Sie wollte ein Teil seines Lebens sein, wollte, dass er ihr genug vertraute, um seine Kämpfe und Siege mit ihr zu teilen. Sie wollte ein Teil von ihm werden. Aber es schien, dass Boas diesen Wunsch nicht teilte.

»Was ist, meine Tochter?«, fragte Noomi, weiter Ruths Hände in den ihren haltend. »Was für einen Kummer hast du?«

»Ich liebe ihn. Ich liebe ihn so, dass es wehtut.« So wie ihn hatte sie keinen geliebt, noch nicht einmal Machlon.

»Aber du hast es ihm nicht gesagt?«

»Ich will ihn nicht in Verlegenheit bringen.«

»In Verlegenheit bringen? Findest du es etwa besser, wenn er denkt, er habe als Ehemann versagt?«

Ruth wich zurück. »Er hat nicht versagt.«

»Aber du bist doch nicht glücklich, das sieht doch ein Blinder.«

»Ja, weil er ... so Abstand von mir hält, Mutter.« Sie erhob sich von ihrem Webstuhl und machte ein paar ruhelose Schritte durch den Raum. »Er ist nie zu Hause.«

»Meine liebe Ruth, ein Mann, der so spät heiratet, weiß nicht, wie eine Frau denkt und fühlt, und dann noch eine, die jung und verliebt ist. Wahrscheinlich macht er sich deswegen so rar, weil er glaubt, dass dich das glücklich machen wird.«

Ruth blinzelte und schaute zu Noomi hin. Daran hatte sie noch nie gedacht.

»Boas ist ein Mann, Kind, und die Männer sind nicht immer so stark, wie sie sich gerne darstellen. Wahrscheinlich denkt Boas, dass er zu alt ist für die Liebe einer so hübschen jungen Frau. Du könntest sein Herz mit einem Wort zerbrechen.«

»Ich will ihn glücklich machen.«

Noomi lächelte. »Dann nimm den Segen dieser alten Frau an und *tue* es.«

***

Was Ruth ihr gesagt hatte, ließ Noomi keine Ruhe. Auf der Tenne war Ruth mutig gewesen, aber da war es um einen Plan ihrer Schwiegermutter gegangen; Noomi bezweifelte, dass sie für sich selber so aktiv werden würde. Bald nach dem Gespräch mit Ruth verließ sie das Haus, angeblich, um eine kranke Freundin zu besuchen, und ging schnurstracks zum Stadttor. Da war Boas schon, an seinem üblichen Platz. Als er sie sah, ging ein Schatten über sein Gesicht, der tiefer wurde, als sie ihm zuwinkte. Er erhob sich, entschuldigte sich bei den anderen Ältesten und kam zu ihr. »Ist etwas passiert?«

»Es ist alles gut«, antwortete sie.

»Warum siehst du dann so aus?«

»Wie sehe ich aus?«

»Wie eine Frau, die kampfbereit ist.«

Er war nur dann blind, wenn es um seine junge Frau ging. »Können wir eben mal wohin gehen, wo die Leute nicht jedes Wort hören, das wir miteinander reden?«

Boas ging, die Stirne gerunzelt, mit ihr. Sie gingen hinaus auf die Felder vor der Stadt. Lange Zeit sagte sie nichts. Absichtlich. Sollte er ruhig etwas schmoren. Sollte er sie selber fragen.

»Hat Ruth dich geschickt?«

»Nein, sie hat mich nicht geschickt. Ich komme aus eigenem Antrieb. Irgendjemand muss dir mal ein bisschen Feuer unterm Hintern machen, Boas.«

»Feuer?«

Sie hielt an und sah zu ihm hoch. »Es gibt Situationen, wo es richtig ist, wenn ein Mann nach seinem Herzen und nicht nach seinem Kopf geht, Boas.«

Er machte einen Schritt zur Seite. »Worüber redest du, Noomi?«

»Na, rate mal! Du liebst sie doch, oder nicht?« Die Röte, die in sein Gesicht schoss, war ihr Antwort genug. Sie verschränkte die Arme über ihrer Brust und funkelte ihn an. »Wann wirst du ihr endlich sagen, dass du sie nicht nur deswegen geheiratet hast, weil die Ehre und das Gesetz es verlangten?«

»Das weiß sie doch«, murmelte er.

Noomi warf ihre Arme hoch. »Und *wie*, bitte sehr, soll sie es wissen?« Sie begann, hin- und herzulaufen. »Die sieben Tage der Hochzeit bist du bei ihr geblieben, aber danach bist du zurück in dein altes Leben gegangen. Den ganzen Tag verbringst du damit, die Arbeit doppelt zu tun, für die du deinen Aufseher bezahlst. Und wenn du nicht deinen eigenen Geschäften nachgehst, sitzt du im Tor und regelst die Angelegenheiten anderer Menschen. Du behandelst Ruth gerade so, als sei sie ein Gast in deinem Haus! Sie ist *deine Frau!«*

Sie hielt inne, zufrieden über seinen schockierten Gesichtsausdruck. Sie zog ihr Tuch fester um sich und funkelte ihn an. »Ich wusste das mit Rischon, Boas. Dachtest du etwa, dass ich nach einem Monat in Bethlehem nicht über jeden meiner noch lebenden Verwandten und Freunde Bescheid wusste? Ich wollte nicht, dass Rischon Ruth kriegte! Hätte er sie so in Ehren gehalten wie du das machst? Hätte er sie geliebt? Ich habe dich beobachtet, wie du im Tor saßest, ich habe den Blick gesehen, mit dem du zu meiner Schwiegertochter hinschautest, wenn sie von den Feldern zurückkam. Und ich habe Gott gedankt für dich und für deine Gefühle für sie. *Darum* habe ich Ruth zu dir geschickt. Ich habe sie geschickt, *weil du sie liebtest.«*

»Jawohl, ich liebe sie«, sagte er rau. »Und jetzt hast du einen Sohn, der Elimelechs Namen weiterführt. Was willst du noch von mir, Noomi?« Er wandte sich ab und fuhr sich durch sein Haar.

Sie seufzte. Mitleid und Schmerz stritten sich in ihr. »Ich möchte, dass du glücklich wirst, Boas. Ich möchte, dass du das Geschenk, das ich dir gemacht habe, annimmst.«

»Ich habe Ruth angenommen.«

»Nein, du hast sie nicht angenommen.«

Er drehte sich zu ihr um, seine Augen dunkel vor Schmerz. »Ihr Sohn wird meinen ganzen Besitz erben. Ist das kein Annehmen? Zeigt das nicht, wie sehr ich sie schätze – und dich?«

»Ruth ist in dich verliebt, Boas.«

Er starrte sie an. »Was?« Noch nie hatte sie einen Mann so überrascht gesehen. »Was sagst du da?«

»Ich sage – dass – Ruth – in dich – verliebt ist.« Sie sprach langsam, wie zu einem kleinen Kind.

»Das kann nicht sein.«

»Warum nicht?« Sie musste noch deutlicher werden, auch wenn es wehtat. »Weil ich damals blind für deine Schönheit war? Und du bist schön, Boas. Du hast alle Schönheiten, die zählen, die von bleibendem Wert sind. Ruth sieht dich klarer, als ich das je getan habe, mein lieber, lieber Freund. Und jetzt musst *du* deine Augen öffnen und das Mädchen sehen, das du geheiratet hast.«

»Soll ich das Unmögliche glauben?«

»Ist bei Gott etwas unmöglich? Wie habe ich gebetet, dass Ruth dich bekommt, und ich kenne ein Dutzend andere, die auch gebetet haben. Halb

Bethlehem betet für dich und Ruth! Hört Gott unsere Gebete nicht? Weißt du, wie viele Menschen in Bethlehem darauf gewartet haben, dass der Herr den größten Segen über euch beide ausschüttet? *Liebe.* Und er hat es getan.«

»Ich kann's nicht glauben.«

»Wie kannst du das mit demselben Mund sagen, der Gott für seine Wunder preist? Ich weiß, wovon ich rede. Ruth war vorhin erst bei mir, sie hat geweint.«

«Geweint?«

»Ja. Weil du nie zu Hause bist, wo du hingehörst.«

Er schwieg einen Moment, dann lachte er, die Augen weit vor Staunen.

Es tat gut, dieses Lachen zu hören. Und das Licht in seinen Augen zu sehen, das noch nie so hell gewesen war wie jetzt.

Sein Lächeln wurde weicher, seine Augen forschten in den ihren. »Es ist merkwürdig, Noomi, nicht wahr? Ich habe dich einmal geliebt.«

»Und ich war ein dummes junges Ding.« Sie trat näher und legte ihre Hand auf seinen Arm. »Aber jetzt bin ich deine Schwiegermutter«, sagte sie grinsend. Sie gab ihm einen verspielten Klaps auf den Arm. »Also hab ein bisschen Respekt vor einer alten Frau. Geh nach Hause, *Sohn*. Nach Hause zu meiner Tochter, Ruth, die den Boden verehrt, über den du gehst.«

Boas beugte sich zu ihr hinunter und küsste sie auf die Wange. »Möge Gott dich segnen, Noomi«, sagte er rau.

Sie sah ihm hinterher, wie er ging, jetzt mit großen Schritten. Sie schüttelte den Kopf, dass Ruth und Boas so wenig Selbstvertrauen hatten. Aber sie hatten einen unerschütterlichen Glauben an Gott, und das war gut, nein, es war das Beste. Denn Gott würde sie nie enttäuschen.

Sie drehte sich um und schaute mit nassen Augen auf die abgeernteten Felder. Sie musste an Elimelech denken. Und an Kiljon und Machlon. Die Lieben, die sie verloren hatte. Und doch konnte sie Gott danken, denn trotz der vielen Sünden, die sie getan hatten, ja, die sie selber getan hatte, würden ihre Namen doch nicht aussterben.

***

Mit klopfendem Herzen und einem Kloß in der Kehle trat Boas in sein Haus. »Ruth?«

»Ich bin hier!« Sie klang überrascht. Er trat in das große Zimmer und sah, wie sie von ihrem Webstuhl aufstand, nervös und mit großen Augen. »Boas.« Sie errötete. »Du kommst heute früh.«

»Stört dich das?«

»Nein, nein, natürlich nicht.«

Er ging zu ihr hin. Wie rot ihre Wangen aussahen. Als er näher kam, wurden ihre Augen noch größer. Sie senkte den Kopf. War es ihr nicht recht, dass er da war? Sie befingerte das Tuch, das sie gerade webte, dann ließ sie die Hand rasch wieder sinken. So nervös hatte er sie noch nie erlebt. Aber ihm selber ging es ja nicht anders.

»Hast du mit Noomi gesprochen?« Ihre Stimme klang merkwürdig gepresst.

»Ja. Und ich kann kaum glauben, was sie gesagt hat.«

Sie sah zu ihm hoch. »Und was hat sie gesagt?«

Er hatte Angst, zu viel zu sagen. »Sie sagte ... dass du mit mir reden willst.« Die Farbe ihrer Wangen wurde noch tiefer. »Entschuldige bitte, jetzt habe ich dich in Verlegenheit gebracht. Sie hat wohl etwas missverstanden. Oder ich, oder ...«

Sie unterbrach ihn. »Nein. Ich habe gehofft, dass sie mit dir reden würde.«

Er starrte sie an. »Du brauchst nur zu sagen, was dein Wunsch ist, Ruth. Obed kann meinen Anteil bekommen.«

»Du hast genügend Land für viele Söhne, Boas.«

Sein Herz begann zu hämmern.

Ihr Lächeln war schüchtern nach diesen kühnen Worten. Aber sie war noch nicht fertig. Sie trat dicht vor ihn hin und sah ihm fest in die Augen. »Ich würde dir so viele Söhne und Töchter schenken, wie du und Gott wollen.«

»O meine Liebe.« Ihre Augen flackerten überrascht, dann wurden sie so voll Hoffnung, dass er keinen Zweifel mehr hatte, was sie für ihn fühlte. Er lachte leise auf. »Als ich die Leute über dich reden hörte, als du mit Noomi in Bethlehem ankamst, wusste ich gleich, dass du jemand ganz Besonderes warst. Und als du auf mein Feld kamst ... Es hat mich überrascht, dass ein Mann in meinem Alter noch solche Gefühle bekommen konnte.«

Sie schlang ihre Arme um seine Taille und drückte sich an ihn, weinend. Er umarmte sie, halb ratlos. Wie sie zitterte. Was hatte er gesagt, dass sie so weinte? Er atmete den Duft ihres Haares ein und dachte an die Nacht, wo sie zu ihm auf die Tenne gekommen war. Damals war sie parfümiert gewesen, aber er zog sie so vor, wie sie jetzt war. Wie der Frühling roch sie, dass er sich wieder jung fühlte. »Was kann ich sagen oder tun, dass du glücklich wirst?«

»Ich *bin* doch glücklich!«

»Aber du weinst doch.«

»Ja, das tue ich, nicht wahr?« Sie schaute zu ihm hoch und lachte, während ihr die Tränen über die Wangen strömten. »Ich bin noch nie glücklicher gewesen! Ich möchte lachen und singen und tanzen, weil du mich liebst.«

Er lachte mit ihr, badete in dem Fluss ihrer Gefühle. »Ich hätte eher etwas gesagt, wenn du mir einen kleinen Wink gegeben hättest, wie deine Gefühle sind.«

»Wie konnte ich das? Ich dachte die ganze Zeit, ich würde dich nur in Verlegenheit bringen damit.«

»So, so. Willst du mir damit sagen, dass du dich auf den ersten Blick in mich verliebt hast?«

»Nein, das nicht, aber ich habe dich von dem ersten Tag an, wo du so freundlich zu mir warst, bewundert.«

»Wie einen Vater«, sagte er trocken.

»Nur, weil du mich dauernd ›Tochter‹ nanntest.«

Er nahm zärtlich ihre Wange in die Hand. »Ich habe mich jeden Tag daran erinnern müssen, dass ich zu alt für dich war und dass meine Gefühle für dich nicht schicklich waren.«

»Und ich musste schließlich zu dir auf die Tenne kommen und dir einen Antrag machen.«

»Und das hättest du auch nicht getan, wenn Noomi dich nicht gedrängt hätte.«

»Ich bin so froh, dass sie mich gedrängt hat. Möge Gott sie auf ewig segnen dafür!« Ruth schüttelte den Kopf und atmete leise aus, ihr Lächeln wurde weicher. »Ich dachte, ich könnte nie mehr einen Mann so lieben, wie ich Machlon liebte – aber was ich jetzt für dich fühle, ist so viel mehr. O Boas, Gott ist gnädig! Er ist freundlich und reich.« Die Tränen flossen ihr über die Wangen, während sie zu ihm hochsah.

Er nahm ihr Gesicht mit beiden Händen und trank den Anblick ihrer Liebe ein. »Ja, all das ist der Herr, und noch viel mehr.« *O Herr, Gott, ich muss staunen über dich! Nie im Leben hätte ich es mir träumen lassen, dass du mir solch einen Schatz schenkst!*

Und Boas beugte sich zu Ruth hinab und küsste sie mit der ganzen Liebe, die er in seinem Leben angesammelt hatte.

***

Und die Frauen sagten ...

»Sie war immer schon schön, aber jetzt ...! Kennt ihr eine Frau, die schöner ist als Ruth?«

»Das macht die Liebe.«

»Nein, die Kleider. Jede Frau kann schön sein, wenn sie mit dem reichsten Mann der Stadt verheiratet ist.«

»Das Mädchen würde noch strahlen, wenn man ihr einen Sack anlegte!«

»Sie ist wie eine Lampe auf einem Leuchter.«

»Habt ihr gesehen, wie sie ihren Boas ansieht?«

»Und wie *er sie* anschaut?«

Kichern.

»So einen Mann wünsche ich mir.«

»Wie stolz muss Noomi sein über diese Partie.«

»Ein Wort hier, ein Wink dort.«

»Bei Boas hat's nicht viel davon gebraucht.«

»Aber er hat sie auch verdient. Wo gibt es einen Mann, der freundlicher zu den Armen ist als Boas?«

»Und wo ist ein Mädchen, das seine Schwiegermutter so liebt wie Ruth?«

»Aber der Segen kommt von Gott!«

»Gesegnet sei der Name des Herrn.«

***

Und die Männer sagten ...

»Ich freue mich, dass unser Bruder so glücklich ist!«

»Ja, das tun wir alle, Bruder.«

»Boas hat lange gewartet, bis der Herr seine Gebete erhört hat.«

»Eine gute Frau ist kostbarer als Rubine.«

»Schönheit dauert nicht ewig.«

»Schon, aber Ruth ist eine junge Frau, die Gott fürchtet und ihren Mann achtet.«

»Und ihn liebt! Das sieht jeder, der Augen im Kopf hat.«

»Sie ist hoch zu loben.«

»Möge das Haus unseres Bruders wachsen.«

»Mögen ihre Söhne wie Boas werden und ihre Töchter wie Ruth!«

»Dein Wort in Gottes Ohr.«

Und alle im Tor sagten: »Amen!«

Epilog

Dies ist der Stammbaum des Boas, beginnend mit seinem Vorfahren Perez, dessen Mutter Tamar war:

Perez, Hezron, Ram, Amminadab, Nachschon, Salmon, Boas, Obed, Isai und David, der König von Israel wurde. Und aus dem Geschlecht Davids kam der Messias Jesus, unser Heiland und Herr.

Die Ahnenreihe von Jesus Christus

Dies ist der Bericht über die Vorfahren von Jesus Christus, dem Nachkommen Davids und Abrahams:
Abraham war der Vater von Isaak.
Isaak war der Vater von Jakob.
Jakob war der Vater von Juda und seinen Brüdern.
Juda war der Vater von Perez und Serach;
die Mutter war **Tamar.**
Perez war der Vater von Hezron.
Hezron war der Vater von Ram.
Ram war der Vater von Amminadab.
Amminadab war der Vater von Nachschon.
Nachschon war der Vater von Salmon.
Salmon war der Vater von Boas;
die Mutter war **Rahab.**
Boas war der Vater von Obed; die Mutter war **Ruth.**
Obed war der Vater von Isai.
Isai war der Vater von König David.

David war der Vater von Salomo;
die Mutter war **Batseba,** die Frau Urijas.
Salomo war der Vater von Rehabeam.
Rehabeam war der Vater von Abija.
Abija war der Vater von Asa.
Asa war der Vater von Joschafat.
Joschafat war der Vater von Joram.

Joram war der Vater von Usija.
Usija war der Vater von Jotam.
Jotam war der Vater von Ahas.
Ahas war der Vater von Hiskija.
Hiskija war der Vater von Manasse.
Manasse war der Vater von Amon.
Amon war der Vater von Joschija.
Joschija war der Vater von Jojachin
und seinen Brüdern.
Das war zu der Zeit, als die Bevölkerung von
Jerusalem und Juda nach Babylonien in die
Verbannung weggeführt wurde.

Nach dem babylonischen Exil:
Jojachin war der Vater von Schealtiel.
Schealtiel war der Vater von Serubbabel.
Serubbabel war der Vater von Abihud.
Abihud war der Vater von Eljakim.
Eljakim war der Vater von Azor.
Azor war der Vater von Zadok.
Zadok war der Vater von Achim.
Achim war der Vater von Eliud.
Eliud war der Vater von Eleasar.
Eleasar war der Vater von Mattan.
Mattan war der Vater von Jakob.
Jakob war der Vater von Josef, dem Mann von Maria.
Maria wurde die Mutter von Jesus, der Christus
genannt wird.

Matthäus 1, 1–16

Lassen Sie sich von Francine Rivers mitnehmen in die Welt der vierten Frau in der Ahnenreihe von Jesus Christus: Batseba.

Batseba riss ein Stück von dem Brot ab und hielt es ihrem Großvater hin, auf dessen Knie sie saß. Ahitofel aß es ihr aus der Hand. »Sie wird jeden Tag mehr wie deine Mutter, Eliam.«

Ihr Vater betrachtete das Mädchen mit leicht gerunzelter Stirn. »Es ist kaum zu glauben, wie schnell sie wächst. Acht Jahre. Bald werde ich ihr einen Mann suchen müssen ...«

»Ja. Einen starken, der ein hübsches Mädchen beschützen kann.«

Batseba schaute an dem Feuer vorbei zu dem Mann hin, der ihr wie ein Engel des Himmels vorkam. Sie zupfte an dem Gewand ihres Großvaters und flüsterte: »Ich möchte David heiraten.«

Ahitofel lachte laut und schaute ebenfalls zu dem stattlichen jungen Mann hin, der auf der anderen Seite des Feuers saß. »David, hier ist die nächste Verehrerin!« Die Röte schoss in Batsebas Gesicht, als David verlegen-höflich den Blick ihres Großvaters erwiderte. Der küsste sie auf die Wange. »Vergiss David, Batseba, er hat schon drei Frauen.« Er sah ihr in die Augen, und die Belustigung wich aus seinem Blick. »Es ist besser, die einzige Frau eines Armen zu sein als eine unter vielen im Harem eines Königs.«

»Komm rein, Batseba!« Ihre Mutter winkte. Ihr Großvater hob sie von seinem Knie, stellte sie auf die

Füße und entließ sie mit einem freundlichen Klaps. Batsebas Blick ging wieder zu David hin. Ihre Mutter nahm sie am Arm, zog sie in das Zelt hinein und ließ die Türklappe fallen. »Zeit fürs Bett.« Batseba legte sich auf ihr Lager. Ihre Mutter breitete die Decke über sie. Dann kniete sie sich hin und küsste sie. Mit besorgtem Blick strich sie eine schwarze Strähne aus dem jungen Gesicht. »Es gibt Träume, die bringen nur Herzeleid.«

»Aber ich ...«

Der Finger ihrer Mutter legte sich auf Batsebas Lippen. »Psst, Kind.« Sie richtete sich anmutig wieder auf. »Schlaf jetzt.«

Batseba lag wach und lauschte auf die ruhigen Stimmen der Männer draußen. Andere hatten sich dazugesetzt. Sie erkannte Joabs Stimme und die seines Bruders Abischai. Beide waren Offiziere in Davids Armee, und sie kamen oft, um sich mit Batsebas Großvater zu besprechen, der sich mit seinen klugen taktischen Ratschlägen Davids Respekt erworben hatte. Er war gut informiert über die Philister und Ammoniter und ihre Kampftaktik und kannte das Land Kanaan wie seine eigene Hand.

»Saul war in unserer Hand, David«, sagte Joab gerade. »Du hättest ihn töten sollen. Es war deine Chance.«

Abischai fiel rasch ein. »Jawohl, du musst Saul töten! Gott hat ihn in der Ziegenhöhle in unsere Hand gegeben. Ich hätte ihm die Kehle durchgeschnitten, wenn du es befohlen hättest.«

»Ich habe euch schon einmal gesagt, dass ich ihn

nicht töten will«, sagte David. »Er ist der Mann, den der Herr zum König gesalbt hat.«

»Er wird dich weiter verfolgen«, sagte Joab. »Der hört nicht auf, bis einer von euch beiden tot ist.«

»Es wäre besser für das Volk, wenn du Saul jetzt die Krone abnehmen würdest«, kam eine andere Stimme. Allgemeines Beifallsmurmeln.

»Schlage den Hirten, und die Herde wird sich zerstreuen«, sagte Joab.

»Was soll ich machen mit euch Söhnen Zerujas?« Davids Stimme klang ungeduldig, und Batseba wusste, dass er zu Joab und Abischai sprach. »Wie oft muss ich euch noch sagen, dass ich nicht meine Hand gegen den Gesalbten des Herrn erheben werde?«

Sie hörte, wie er von dem Feuer fortging.

»Ich verstehe ihn nicht«, sagte Joab frustriert. »Kannst du nicht mal vernünftig mit ihm reden, Ahitofel?«

»Was hätte David gewonnen gehabt, wenn er den König getötet hätte, während er ihm den Rücken zuwandte und seine Notdurft verrichtete?« Ihr Großvater sprach ruhig und bedächtig. »Als Saul hörte, wie David ihm aus der Höhle zurief, wusste er, dass er ein toter Mann hätte sein können – aber David ließ ihn mit einem Knick in seinem Stolz entkommen! Hätte ein Mann, der das Königreich an sich reißen will, so etwas getan? Niemals? Jetzt weiß jeder der Männer, die mit Saul ziehen, dass David im Recht ist! Und sie wissen auch, dass David dem König eine Chance gegeben hat, zur Einsicht zu kommen.«

»Einsicht? Das Feuer in Sauls Brust wird bald wieder da sein, und dann müssen wir wieder um unser bisschen Leben rennen! Sollen wir wirklich den Mann schonen, der in Nob fünfundachtzig Priester und ihre Familien hat ermorden lassen?«

»Überlass das Richten dem Herrn. David geht den geraden Weg.«

»Du weißt gerade so wie ich, dass Saul David verfolgen wird, solange Atem in ihm ist!«

»Aber ich weiß auch, dass Gott sich durchsetzen wird, Joab. Er – und nicht wir – wird dafür sorgen, dass David eines Tages König von Israel wird. Der Herr hat alles in der Hand. Jeden Tag stoßen mehr Männer zu uns. Warum? Weil sie dasselbe glauben wie wir: dass Gott bei David ist, wohin er auch geht. Weder die Philister noch die Ammoniter, noch die Amoriter können einen Mann besiegen, der den Gott Israels zum Helfer hat.«

»Ich will endlich die Krone auf Davids Haupt sehen.«

»Das wollen wir alle, Joab. Aber lass es zu Gottes Zeit geschehen, und nicht vorher.«

Die Männer redeten weiter. Batsebas Augen waren voll Schlaf. Sie begann zu träumen – von David, wie er im Königspurpur dasaß und ihr seine Hand hinhielt. Sie schreckte hoch und lauschte wieder. Aus der Ferne kamen heftige Männerstimmen. Sicher der nächste Streit. Dann näher, direkt vor dem Zelteingang, bekanntere Stimmen. Sie setzte sich vorsichtig auf und lugte durch eine der Zeltnähte hinaus. David war zurückgekommen. Er saß in dem Flackerschein und sprach mit ihrem Vater und Großvater.

»Wir schließen uns den Philistern an«, sagte David gerade. »Wenn der Kampf sich dann gegen Saul wendet, können wir ihn zu seinen Gunsten entscheiden.«

Batsebas Großvater runzelte nachdenklich die Stirn. »Wie viele Männer willst du mitnehmen?«

»Alle.«

»Und wer beschützt unsere Frauen und Kinder?«

Batseba konnte ihre Augen nicht von David nehmen. Wie schön er seinen Kopf zur Seite legte, während er ihrem Großvater zuhörte. Sie musterte seine Gesichtszüge.

Die Männer weiter hinten wurden wieder laut. Batsebas Mutter drehte sich stöhnend auf ihrem Bett. Batseba schaute wieder nach draußen. Davids Kopf war jetzt zu den Ruhestörern hingedreht. Sein Kinn ruckte. »Diese Männer sind zu viel für mich.«

Ihr Großvater hatte die Hände zwischen seinen Knien gefaltet. »Sie sind eine Herde, die einen starken Hirten braucht.«

»Manchmal benehmen sie sich eher wie ein Rudel Wölfe!« David schüttelte den Kopf und stand auf. »Muss wohl mal eingreifen da drüben.« Er seufzte und ging.

»Ich verstehe ihn nicht«, sagte Batsebas Vater, einen Stein in die Dunkelheit werfend. »Warum kommt er dauernd Saul zu Hilfe, selbst wenn es ihn das Leben kosten kann?«

»Hast du vergessen, dass Sauls Sohn Jonatan Davids bester Freund ist? Und seine erste Frau ist Sauls Tochter.«

»Jonatan hat sich für seinen Vater entschieden, Abba, und Michal ist entehrt, denn Saul hat sie einem anderen gegeben. David hofft immer noch, dass alles wieder so wird, wie es war, bevor Saul wahnsinnig vor Eifersucht wurde. Aber da kann er lange warten.«

Ihr Großvater schürte das Feuer mit einem Ast. »Joabs Rat ist klug. Sauls Tod würde diesen Krieg beenden und David auf den Thron setzen. Aber David hätte keinen Segen, wenn er den Gesalbten des Herrn tötete. Ah, mein Sohn, Davids Lebenselement ist es, Gott zu gefallen. Seine große Leidenschaft ist der Herr.« Er blickte hoch, sein Gesicht leuchtete. »Wenn alle unter uns Davids Herz hätten, welch ein Reich würde Gott für uns bauen!« Er warf den Ast in das Feuer und erhob sich. »Kommt, lasst uns zu unserem Freund gehen und hören, was für Worte der Herr ihm diesmal gegeben hat.«

Batseba wusste es schon: David würde die Streitenden nicht anbrüllen, auch nicht mit ihnen diskutieren. Er würde sich einfach zu ihnen setzen und singen. Sie wartete. Da kam er schon – der Klang seiner Harfe mitten in dem aufgeregten Schreien, eine beruhigende Melodie, die sachte gegen die zornigen Stimmen ansang. Schon wurden sie leiser. Batseba versuchte, die Zeltplane ein Stückchen auseinander zu ziehen, um besser sehen zu können. Ihr Großvater sagte immer, dass Gott Davids Worten und Musik die Macht gab, die Herzen aus nichtigen Streitigkeiten hochzuheben zu Gottes Majestät und dem Segen, den er über seinem erwählten Volk ausgegossen hatte. Schon oft hatte sie David singen und spielen gehört; sie konnte nie genug bekommen davon.

Ihre Mutter schlief. Was machte es, wenn sie sich einfach aus dem Zelt schlich, so nah zu den Männern, dass sie richtig zuhören konnte? Sie schlüpfte durch den Eingang und rannte zu dem Feuer hin. Sie hockte sich am Rande des Kreises in die Dunkelheit, die Arme um die Knie gelegt, und lauschte. Ihr junges Herz flatterte, als sie Davids schön geschnittenes Gesicht sah, das bronzen leuchtete in dem Feuerschein. Niemand in der ganzen Welt war so vollkommen wie David. Lieber David.

»Herr, unser Herrscher, wie herrlich ist dein Name in allen Landen!« Seine Stimme schallte weit in die Nacht hinaus. Dann drehte er sich um, und die Worte wurden undeutlicher. Batseba erhob sich und schlich noch näher. Da saßen sie, die Männer, ihre Augen und Ohren auf David gerichtet, gefesselt von den kraftvollen Worten, diesem Lobpreis, der lauter und offener war als der eines Priesters. Davids Kopf ging nach oben, aus seinem Mund kam eine Melodie ohne Worte, die direkt ins Herz hineinging. Dann wieder Worte:

»Wenn ich sehe die Himmel, deiner Finger Werk, den Mond und die Sterne, die du bereitet hast: Was ist der Mensch, dass du seiner gedenkst, und des Menschen Kind, dass du dich seiner annimmst?«

Die Stimmen der anderen waren verstummt. Alle blickten sie gebannt auf Davids jetzt leicht gesenkten Kopf und auf seine Finger, die die Saiten der Harfe zupften. Batseba war es, als ob er ihr Herz zupfte.

»Du hast uns wenig niedriger gemacht als Gott, mit Ehre und Herrlichkeit hast du uns gekrönt. Du hast uns zum Herrn gemacht über deiner Hände Werk, alles hast du unter unsere Füße getan: Schafe und Rinder allzumal, dazu auch die wilden Tiere, die Vögel unter dem Himmel und die Fische im Meer und alles, was die Meere durchzieht.« David schüttelte wie staunend seinen Kopf und schaute zu dem Sternenhimmel hoch. »Herr, unser Herrscher, wie herrlich ist dein Name in allen Landen!« Er spielte ein paar Schlussakkorde, dann hob er langsam seine Hand über den Kopf, in einer Gebetsgeste zu dem Gott und Herrn der ganzen Schöpfung.

Im Lager war es so still geworden, dass Batseba ihr eigenes Herz hören konnte.

»Sing uns noch einen Psalm, David«, sagte ihr Großvater, Ahitofel. Andere fielen ein. »Ja, sing uns von dem Herrn!«

Batseba huschte zu ihrem Großvater hin und kuschelte sich an ihn. »Was machst du denn hier?«, flüsterte er rau. Sein Arm ging um sie und zog sie näher.

»Ich muss das hören, und alleine ist mir kalt.« Sie sah zu ihm hoch. »Bitte, Opa, bitte, nur ein bisschen ...«

»Du weißt doch, dass ich dir nicht Nein sagen kann.« Er zog seinen Mantel um sie. »Gut, noch ein Lied.«

David sang den nächsten Psalm. Sie hatte ihn schon

oft gehört. Sein edel geschnittenes Gesicht glänzte in dem Licht des Feuers, und seine Worte flossen wie Quellwasser in ihre durstige Seele. Sein Herz war nicht auf Krieg gestimmt, er sehnte sich nach Frieden. Er bat Gott um Hilfe und Errettung vor seinen Feinden. Wie würde es sein, ohne Angst vor den Nachstellungen des Königs und der Philister und Ammoniter und Amoriter leben zu können? Batseba sah zu ihrem Vater hin. Mit feuchten Augen saß er da, nach vorne gebeugt, auf jedes Wort des Sängers lauschend. Wie oft hatte er gesagt, dass Gott zu ihnen stand? In den Felsspalten würde er sie verstecken, in den Höhlen von En-Gedi und Adullam. Speise und Wasser würde er ihnen geben, und Sieg gegen die Feinde. Und warum? Weil sie mit David waren und David nichts tat, ohne vorher den Herrn zu fragen. David betete seine Lieder, und Gott erhörte ihn.

Jetzt ging David ein paar Schritte zur Seite und blieb stehen, den Kopf geneigt, die Augen geschlossen. Sie sah, wie seine Finger sachte über die Saiten glitten. Dann hob er seinen Kopf wieder und sah in die Runde der Gesichter. Würde er auch sie ansehen? Würde er sie bemerken, wie sie zwischen ihrem Vater und Großvater saß?

»Der Herr ist mein Hirte, mir wird nichts mangeln ...«

Ja, jetzt – jetzt sah er sie an. Ihr Herz hüpfte ihr in die Kehle. Sie hielt den Atem an und starrte zurück, aber schon glitt sein Blick weiter, berührte jeden der anderen, als seien sie ihm alle gleich wert. Die Sehnsucht wollte Batseba überwältigen. Warum – warum nahm er keine Notiz von ihr?

Du bist mein Hirte, David. Du machst mich zu etwas, für das ich noch nicht einmal Worte habe. Du führst uns durch das finstere Tal, aber ich habe keine Angst, weil du bei uns bist. Ich würde alles tun für dich …

Von hinten kam eine Hand an ihre Schulter. »Batseba!«, zischte ihre Mutter.

»Siehst du? Wieder erwischt!«, flüsterte ihr Großvater. Er schlug seinen Mantel auf und hob sie auf seinen Schoß. Ihre Mutter nahm sie ohne Umstände und trug sie fort. Erst als sie auf halbem Weg zurück zum Familienzelt waren, stellte sie sie wieder auf die Füße. »Sei froh, dass ich nicht die Rute hole!«

Batseba folgte ihr mit gesenktem Kopf durch die Dunkelheit. Ihre Mutter schlug die Zeltklappe zurück. »Rein mit dir!« Sie schob sie hinein und gab ihr einen Klaps aufs Hinterteil. »Du schläfst jetzt neben mir, bis dein Vater wiederkommt.« Sie legte sich hin und zog das Kind neben sich. »Warum musst du ungehorsam sein?«

Batseba schniefte. »Entschuldige, Mama, ich … ich liebe ihn doch so sehr.«

Ihre Mutter seufzte. »Das tun wir alle.«

»Aber nicht so wie ich. Eines Tages heirate ich ihn, bestimmt.«

Leseprobe aus:
Francine Rivers, Eine Frau, die Gnade fand. Batseba
Bestell-Nr. 05 457

Francine Rivers bei johannis

Hadassa
Eine Sklavin in Rom
480 Seiten, Bestell-Nr. 72 366

Rapha
Ephesus – An den Türen des Todes
448 Seiten, Bestell-Nr. 72 368

Atretes
Flucht nach Germanien
440 Seiten, Bestell-Nr. 72 373

Sierra
Der rote Faden des Lebens
320 Seiten, Bestell-Nr. 72 381

... der die Schuld vergibt
320 Seiten, Bestell-Nr. 72 386

Die Liebe ist stark
432 Seiten, Bestell-Nr. 72 394

Ein verzehrendes Geheimnis
272 Seiten, Bestell-Nr. 72 406

Leotas Garten
512 Seiten, Bestell-Nr. 72 414

Das Francine-Rivers-Weihnachtsbuch
80 Seiten, Bestell-Nr. 05 116

Der geheimnisvolle Schuhkarton
32 Seiten, Bestell-Nr. 06 120

Eine Frau der Hoffnung – Tamar
176 Seiten, Bestell-Nr. 05 454

Eine Frau des Glaubens – Rahab
176 Seiten, Bestell-Nr. 05 455

Eine Frau der Liebe – Ruth
192 Seiten, Bestell-Nr. 05 456

Eine Frau, die Gnade fand – Batseba
224 Seiten, Bestell-Nr. 05 457

Eine Frau des Gehorsams – Maria
224 Seiten, Bestell-Nr. 05 458

Der Priester – Aaron
272 Seiten, Bestell-Nr. 05 459

Der Krieger – Kaleb
256 Seiten, Bestell-Nr. 05 460

Der Königssohn – Jonatan
256 Seiten, Bestell-Nr. 05 461

Der Prophet – Amos
256 Seiten, Bestell-Nr. 05 462